桂图登字：20-2021-002

图书在版编目（CIP）数据

黏菌的智慧 / (日) 中垣俊之著 ; (日) 齐藤俊行绘 ; 田秀娟译 . -- 南宁 : 接力出版社 , 2025. 7. -- (大科学之友经典科普书). -- ISBN 978-7-5448-9224-7

Ⅰ . I313.85

中国国家版本馆 CIP 数据核字第 2025EM9035 号

黏菌的智慧

NIANJUN DE ZHIHUI

责任编辑：陈潇潇　美术编辑：卢强　中文版审订：李旭
责任校对：杨艳　责任监印：郭紫楠　版权联络：闫安琪
出版人：白冰　雷鸣
出版发行：接力出版社　社址：广西南宁市园湖南路9号　邮编：530022
电话：010-65546561（发行部）　传真：010-65545210（发行部）
网址：http://www.jielibj.com　电子邮箱：jieli@jielibook.com
经销：新华书店　印制：北京博海升彩色印刷有限公司
开本：787毫米×1092毫米　1/16　印张：2.75　字数：41千字
版次：2025年7月第1版　印次：2025年7月第1次印刷
定价：35.00元

书中地图系原文插附地图
审图号：GS（2025）2687号

大科学之友
经典科普书

黏菌的智慧

[日] 中垣俊之 著 [日] 齐藤俊行 绘
田秀娟 译

接力出版社
Publishing House

动物和植物等生物，是由许多细胞构成的。我们的手、脚、脑，还有眼睛都是无数细胞的集合。但是单个细胞通常很小，我们用肉眼基本看不到。

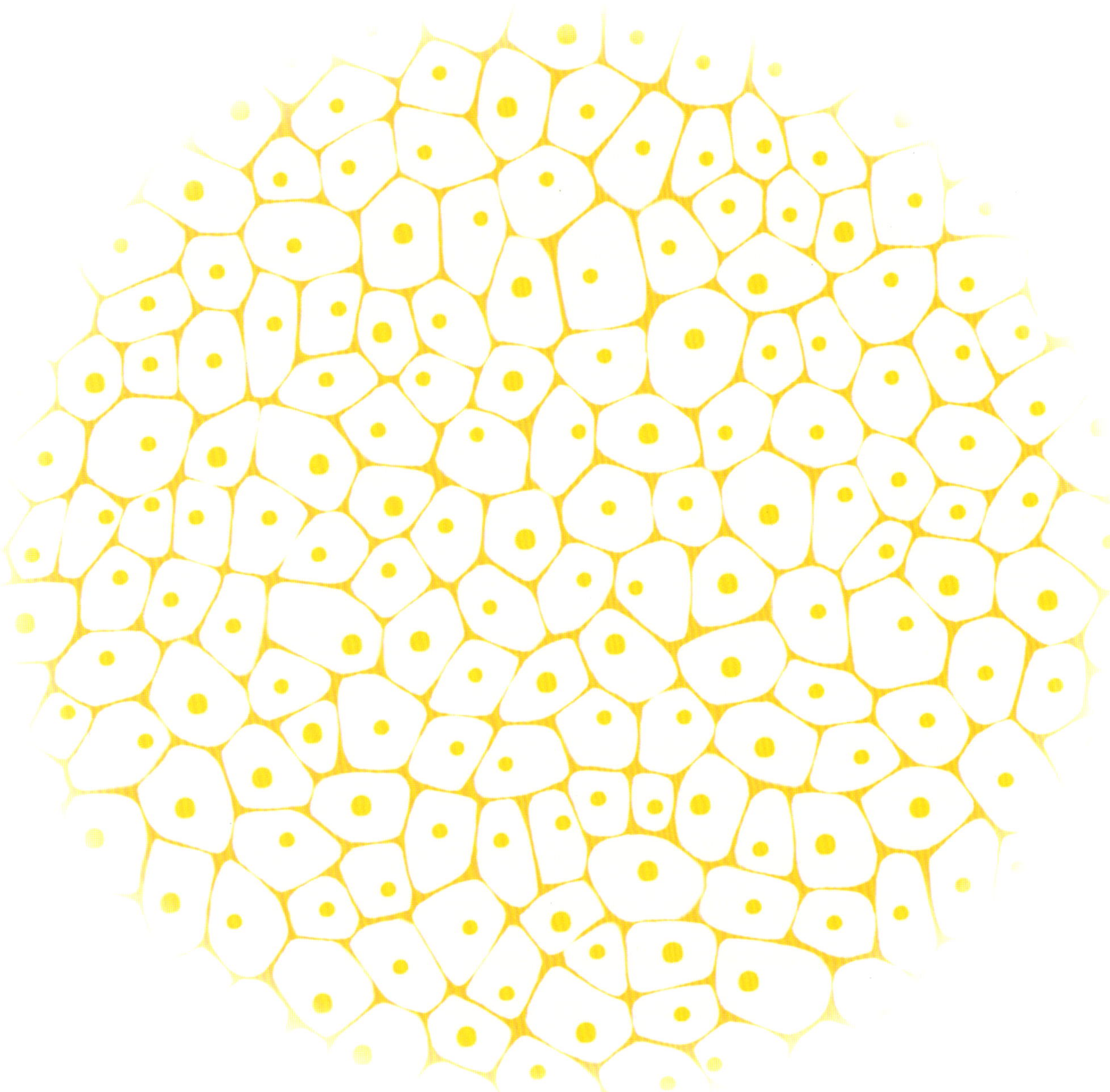

不管是人类、鲸，还是牵牛花、大树，都是由一个个的细胞构成的。生物的体形大，通常是因为细胞的数量多。据估算，一个体重 32 千克的小朋友的身体大约由 17 万亿个细胞组成。

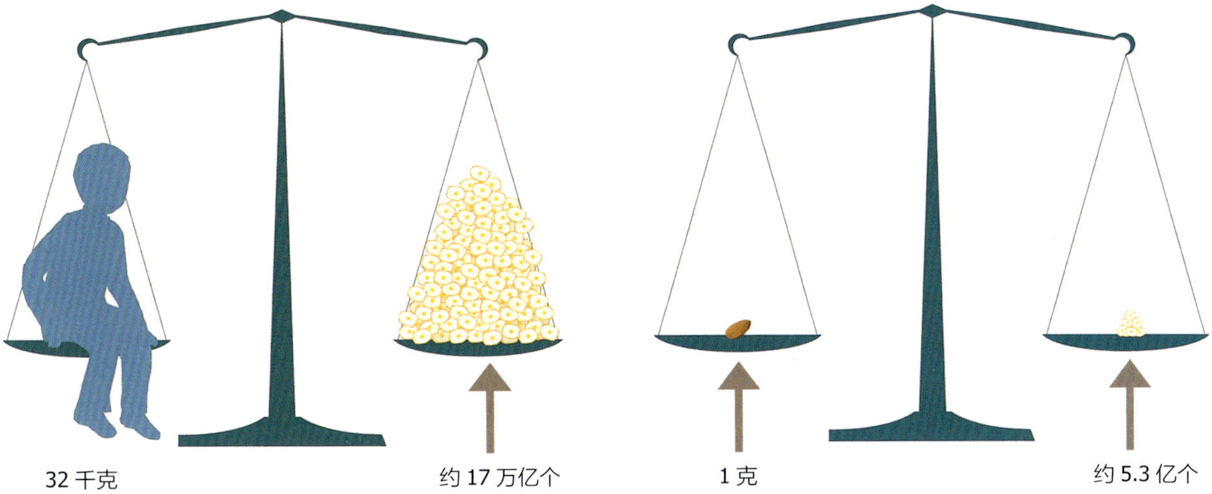

一个体重 32 千克的小朋友的细胞数量约为 17,000,000,000,000 个

相当于这个小朋友 1 克的细胞数量约为 530,000,000 个

一个体重 32 千克的小朋友，每 1 克大约有 5.3 亿个细胞。如果将这个小朋友的 1 克比作一粒杏仁，说明在这粒杏仁中，就有 5.3 亿个细胞。2024 年日本的人口总数大约才 1.24 亿。看，细胞的数量是多么庞大的数字啊。现在你能明白单个细胞有多么小了吧。

相对于由数万亿个细胞组成的人体，仅由一个细胞构成的生命体，叫作单细胞生物。导致动物生病的细菌、为海洋生物提供营养的一部分浮游生物，还有我正在研究的“黏菌”，都是单细胞生物。

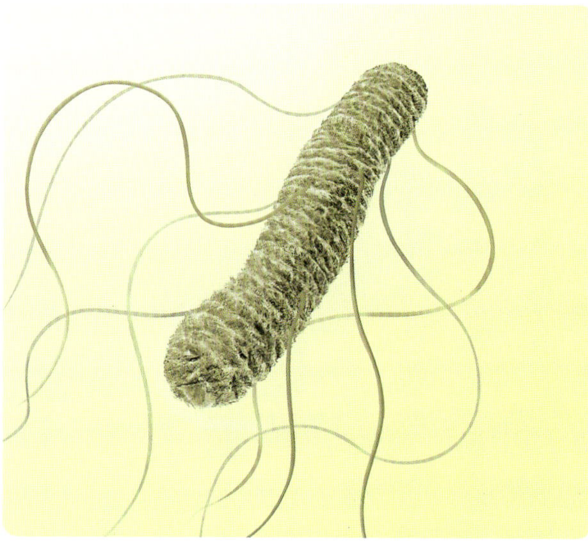

细菌（大肠杆菌）

浮游植物（新月藻）

浮游植物（扁裸藻）

浮游动物（喇叭虫）

单细胞生物是一种最原始的生命体。因为全身只有一个细胞，所以当然没有由多个细胞组成的脑和神经组织等。

“这么说，单细胞肯定不聪明吧？”刚刚是不是有人这么想？

“单细胞”这个词，确实有时候会用来表示“不怎么聪明”的意思。但是，在长期研究黏菌的过程中，我逐渐意识到，并不能说“单细胞不怎么聪明”。因为我发现单细胞生物有它们独特的生存方式，而且令人意外的是，这很可能是一种高级又聪明的生存方式。

黏菌的游动细胞

作为单细胞生物，黏菌还有一个名字，叫“变形菌”。也许这两个名字大家都没怎么听说过，但实际上它们就在我们身边。草丛中沾着泥土的枯叶堆、朽木堆等潮湿的地方，一般都有黏菌。但是，平时我们用肉眼是看不到它们的，因为单个细胞非常小。

那么，细胞到底是什么呢？

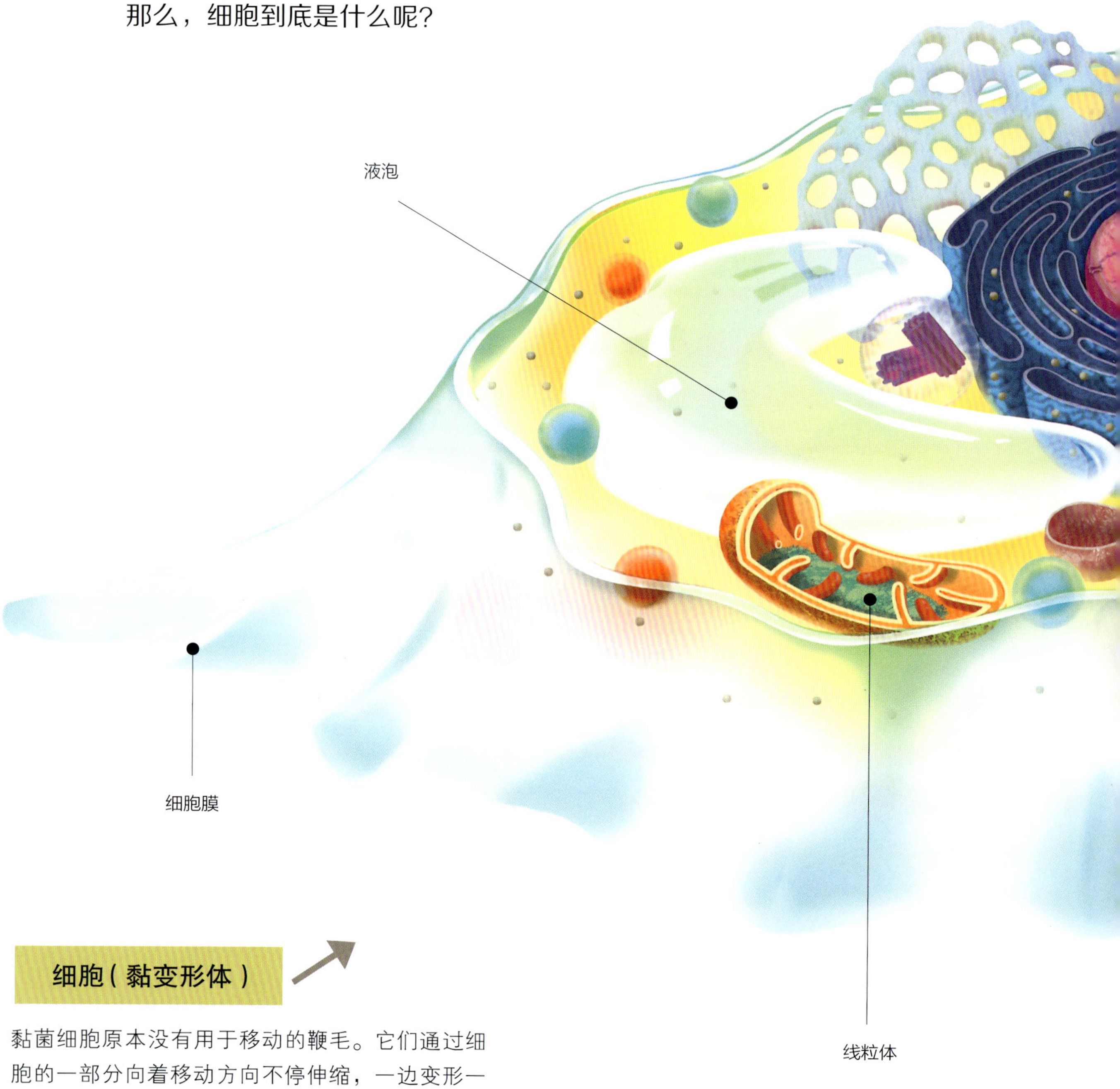

细胞（黏变形体）

黏菌细胞原本没有用于移动的鞭毛。它们通过细胞的一部分向着移动方向不停伸缩，一边变形一边移动。这种运动方式叫作“阿米巴样运动”。此类黏菌细胞叫作“黏变形体”。

细胞，被叫作“细胞膜”的薄膜整体包裹着，里面充满了被称作“细胞质”的液体。细胞内部有叫“细胞核”的球形物，细胞核中有DNA。DNA是脱氧核糖核酸的英文缩写。DNA像一根长长的绳子，上面记录着生物的遗传信息。通过解读DNA所记录的信息，能判定两个生物体之间是否有血缘关系。此外，DNA还被用于疾病的诊断。不过，DNA的重要作用是参与制造生物的身体，并通过促进和抑制功能调控生物体内的各种活动。（本页描绘的细胞图，为了便于理解，用与实际不同的颜色对细胞的各个部分进行了区分。）

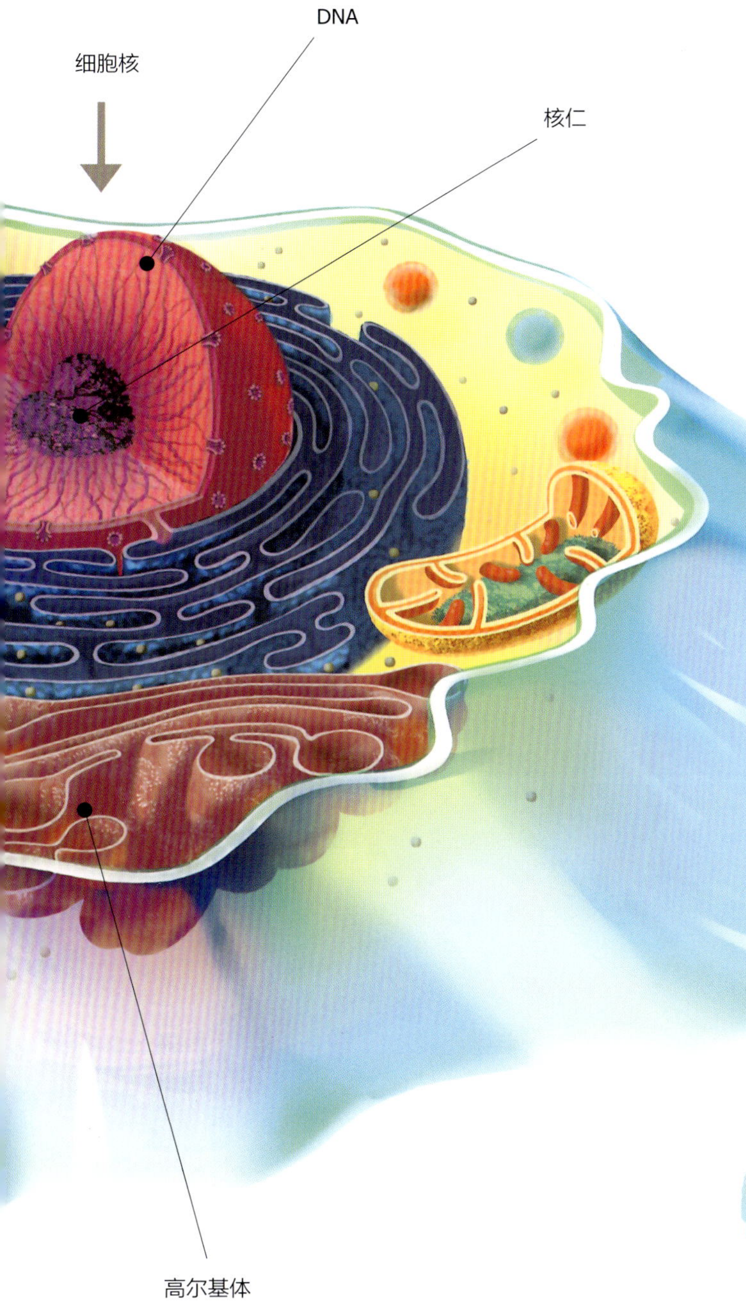

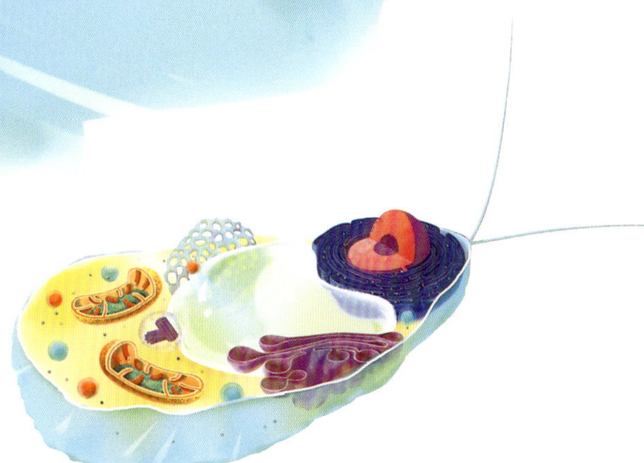

游动细胞

黏菌细胞有时会长出鞭毛，这样的细胞叫“游动细胞”。鞭毛，顾名思义，就是能像鞭子一样摆动的毛状物。黏变形体贴在地面上爬行，游动细胞能摆动鞭毛在水中游来游去。

这种单细胞的黏菌有时候会突然变大，达到几厘米。这是一个巨大的变化：从一个肉眼看不到的细胞变为之前的几亿倍。

这种巨大形态的黏菌叫作原质团，也称变形体。大家可能见过黏菌的变形体。黏菌的变形体看上去像一层摊得薄薄的蛋黄酱，又像铺开的色彩艳丽的薄毯。

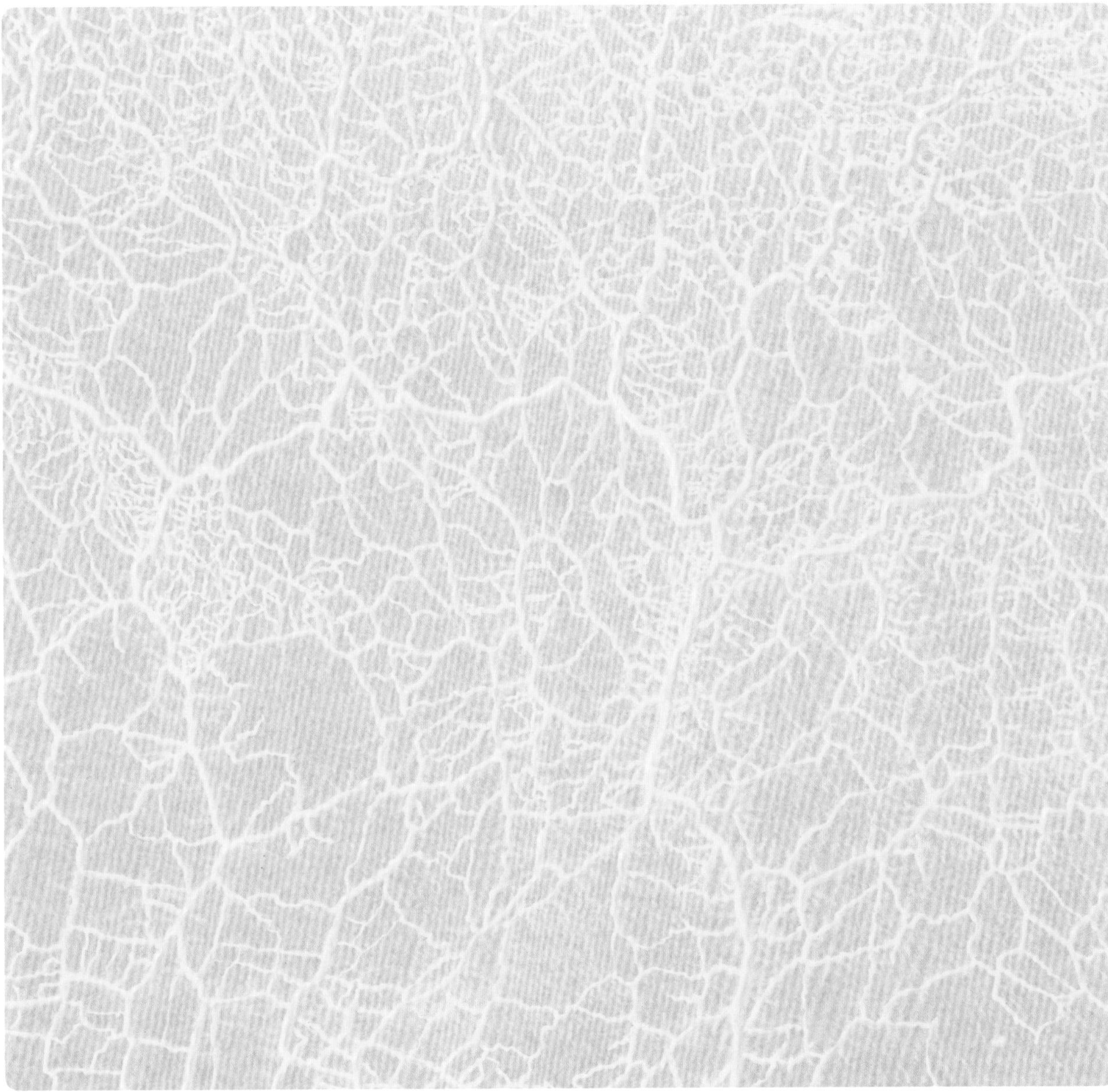

仔细观察“薄毯”内部，能看到里面布满了网状排列的管道。营养和信号在管道中活跃地流动，流动的方向每隔两分钟就会改变。变形体整体会缓慢移动，移动速度大约为一厘米每小时。变形体一边缓慢移动，一边摄入朽木的养分，或者吞食细菌和蘑菇。反过来，变形体也可能被霉菌和细菌吞噬，或者被跳虫吃掉。单细胞的黏菌在吃或被吃的环境中拼尽全力地活着。它们要避开危险、找到食物，才能存活下去。

说到这里，可能有人会认为黏菌是动物。其实，黏菌不是动物，也不是植物。那么，黏菌到底是什么呢?

我们对生物进行分类，级别从大到小依次是界、门、纲、目、科、属、种。

比如，狗的分类是动物界、脊索动物门、哺乳纲、食肉目、犬科、犬属、灰狼种。

最大的分类“界”，分为以下五种：“动物界”、“植物界”、霉菌和蘑菇所属的“真菌界”、黏菌所属的“原生生物界”和细菌所属的“原核生物界”。

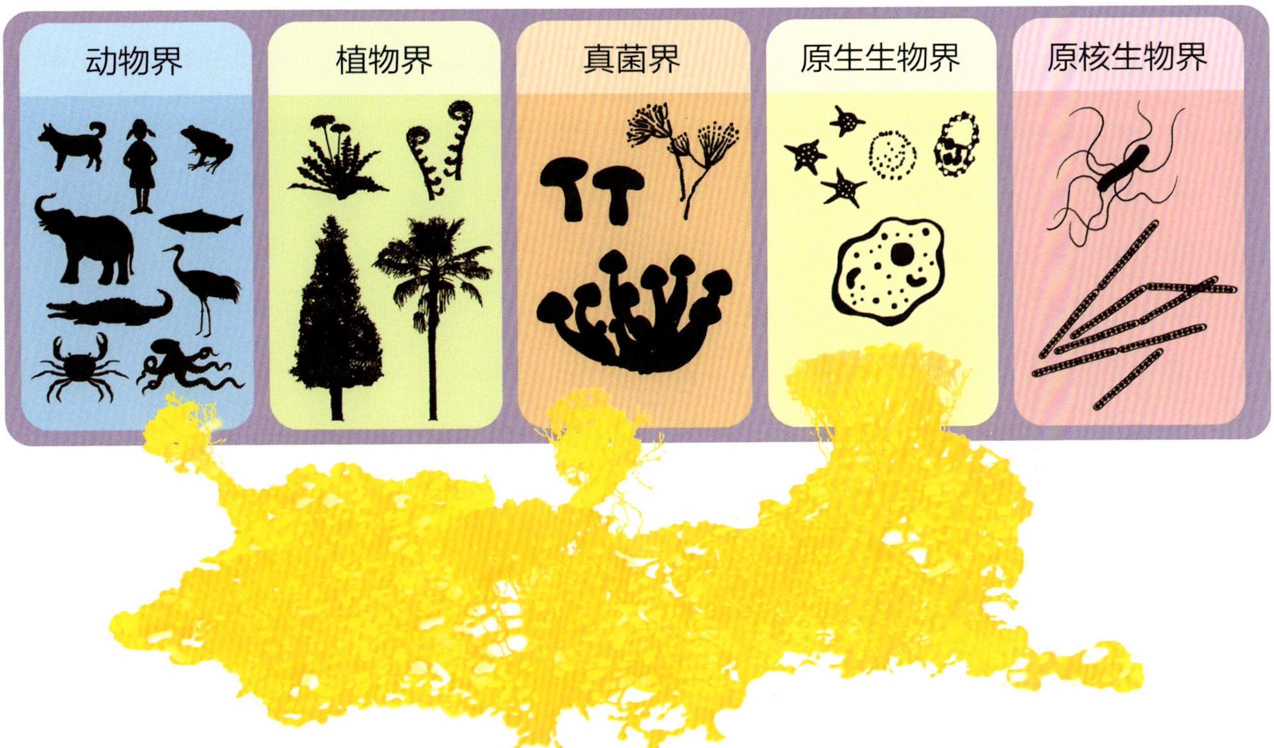

原生生物和原核生物大部分都是单细胞生物。但原生生物的细胞有细胞核，原核生物的细胞没有细胞核。因此，原核生物的 DNA 分散在细胞中。

黏菌有细胞核，所以应该属于“原生生物”。但是，因为它具有和动物、真菌相近的性质，所以又不能完全归类到“原生生物界”。可是，也不能说它是“动物界”或“真菌界”的成员。所以，五界中没有一个界是和黏菌完全吻合的。

因为黏菌具有这样的性质，所以它的一生也非常独特。黏菌的一生会经历各种各样的变化。虽然叫“一生”，但其实黏菌的生命并没有明确的开始和结束，而是像画圈一样，是一个循环往复的过程。

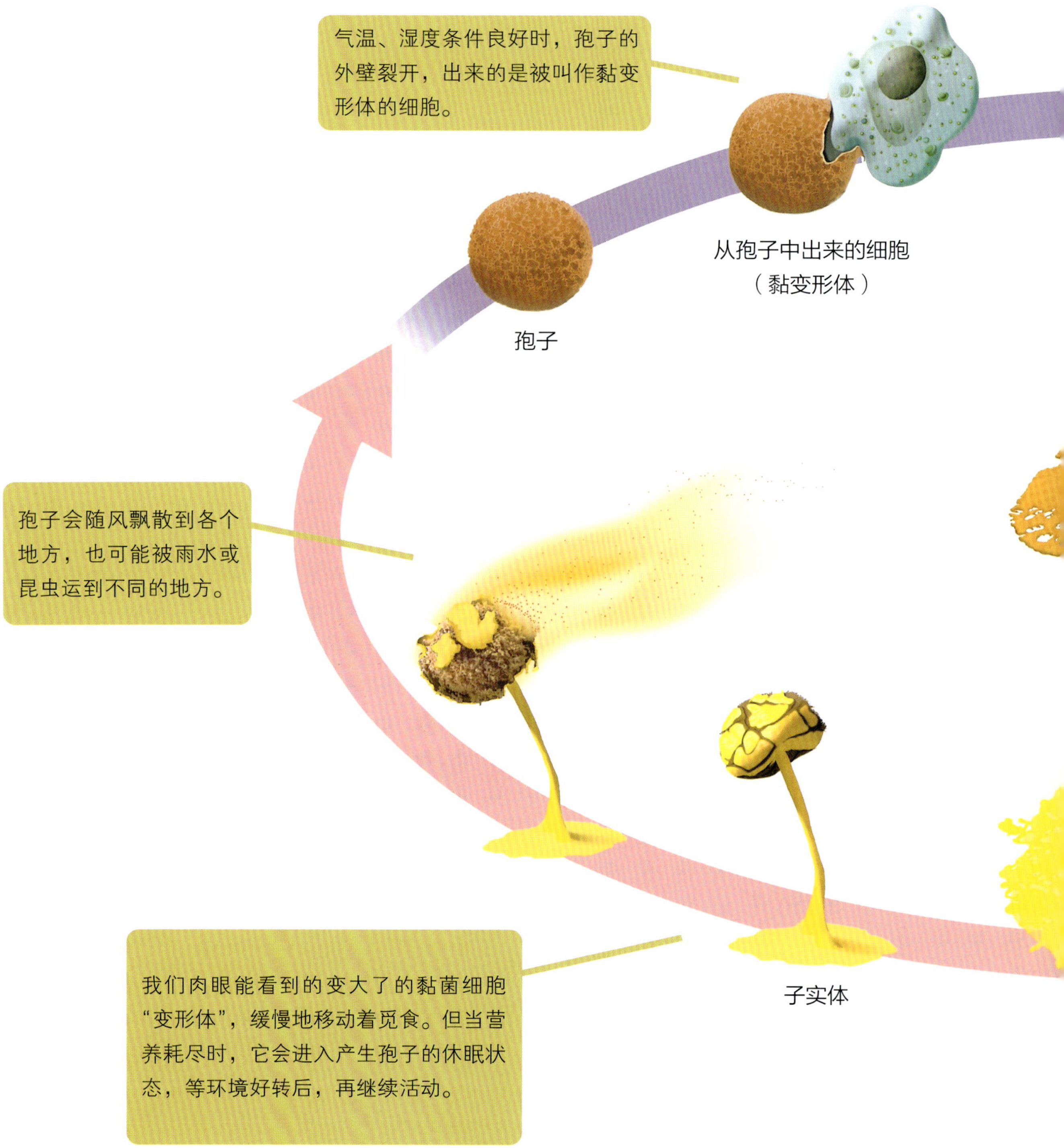

就像动物有雄性和雌性一样，黏菌也有性别。黏菌的性别系统非常特殊，虽然现在还不知道黏菌到底有多少种性别，但已经能确定有两种以上。不同性别的黏变形体相互粘连成为一体，这种现象叫作“接合”。

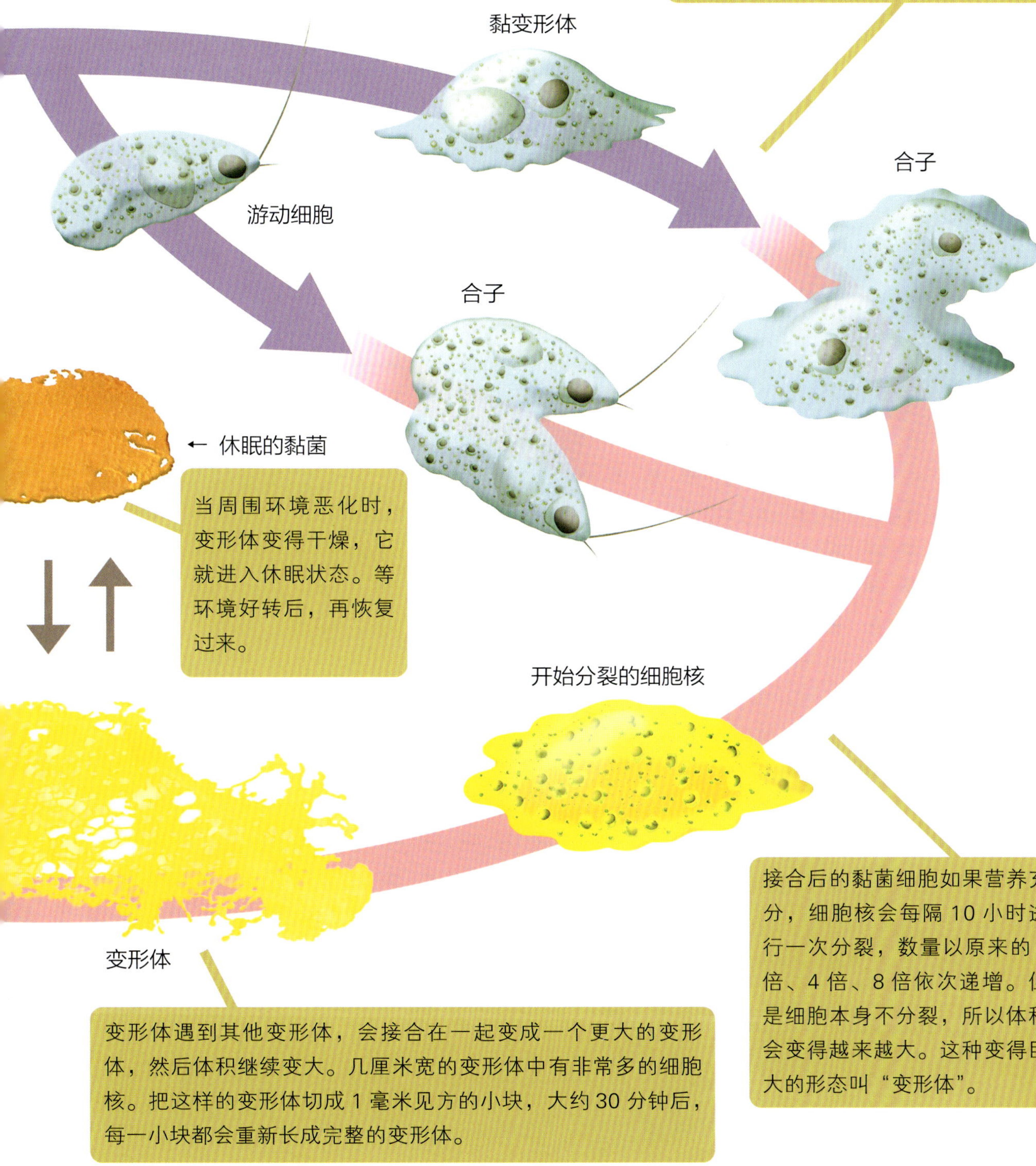

当周围环境恶化时，变形体变得干燥，它就进入休眠状态。等环境好转后，再恢复过来。

接合后的黏菌细胞如果营养充分，细胞核会每隔 10 小时进行一次分裂，数量以原来的 2 倍、4 倍、8 倍依次递增。但是细胞本身不分裂，所以体积会变得越来越大。这种变得巨大的形态叫“变形体”。

变形体遇到其他变形体，会接合在一起变成一个更大的变形体，然后体积继续变大。几厘米宽的变形体中有非常多的细胞核。把这样的变形体切成 1 毫米见方的小块，大约 30 分钟后，每一小块都会重新长成完整的变形体。

要进行黏菌实验，需要培养健康的黏菌。这可是个辛苦活儿。在实验室中，要在黑暗处、温度为25℃的琼脂培养基上培养黏菌。黏菌的变形体散发着一股说不上是松茸汤香味还是橘子或橙子味的独特气味。当产生这种气味时，说明黏菌状态良好。但是，培养基并不是无菌状态，周围总有各种各样的杂菌。杂菌繁殖过盛的时候，黏菌的变形体会散发出难闻的气味。可以得知，此时黏菌处于不好的状态。培养黏菌时，要根据这些气味来判断黏菌的状况。每天都要照料黏菌，哪怕是周末也不能停。要更换琼脂培养基，给黏菌喂食燕麦片。

不好伺候的黏菌

对食物的喜好

同样的燕麦片，让黏菌断食几天后再喂给它们，黏菌会变得更加活跃。黏菌会整体包围住燕麦片，吸收养分。黏菌在饥饿状态和饱食状态下的进食方式完全不同。而且，也不是所有品种的燕麦片黏菌都会吃。我买了很多种燕麦片进行实验，发现黏菌对这些燕麦片的喜好程度完全不同。黏菌最喜欢吃的是以不使用化学肥料和农药栽培的有机麦粒为原料，用最朴素的方法加工而成的燕麦片（用大米来说的话，就是糙米，而不是精米）。

除此之外，黏菌还会靠近纳豆、丛生口蘑等食物，远离酱油。虽然还没搞明白其中的原因，但能断定黏菌不喜欢盐分高的食物。

喜欢的气味和不喜欢的气味

黏菌对气味也有喜好。它们不喜欢冰激凌里的香草味。

不喜欢酒

黏菌不喜欢酒的味道。喝完酒向黏菌吹气，黏菌会躲开。

烟味会致命

黏菌不喜欢烟味，受到烟熏后可能会死掉。

用针扎一扎

用针扎黏菌，黏菌管道中流动活跃的液体会静止一段时间。

喜欢负极?

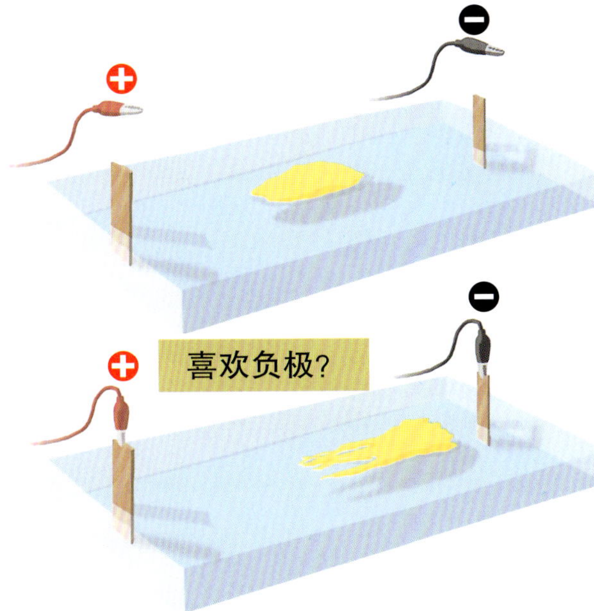

给培养黏菌的琼脂培养基通上电流，黏菌会停止向正极方向移动，转而向负极方向移动。

不喜欢光

用蓝光和紫外线照射黏菌，黏菌会避开这些光。黏菌对紫外线格外敏感，会在几分钟之内逃走。

不喜欢保鲜膜

移动的时候，黏菌会爬到玻璃纸和玻璃上，但不知为何不会爬到食品保鲜膜上。

对时间有记忆的黏菌

把黏菌放在凹槽状的细长通道一端，设置为温度 25℃、湿度 90%，黏菌会很活跃地向着通道的另一端前进。

然后，突然把温度降为 22℃，湿度降为 60%。于是，黏菌停止前进……

10 分钟后，恢复为原来的温度和湿度，黏菌又开始前进。

就这样每隔 1 个小时，把温度和湿度降低，10 分钟后再恢复。这样重复三次，每一次黏菌都会随着温度和湿度的下降停止前进，然后等温度和湿度恢复后再次开始前进。

到了第 4 次，尽管什么都没有改变，但黏菌依然会停止前进或明显降低速度。可以认为，通过前三次的温度和湿度变化，黏菌“预测”还会有下一次，所以调整了前进方式。这样的实验做了 100 次，大约半数的黏菌“预测”了会有第 4 次。剩下的黏菌中也有相当多的黏菌放慢了速度，但没准确踩在时间点上。

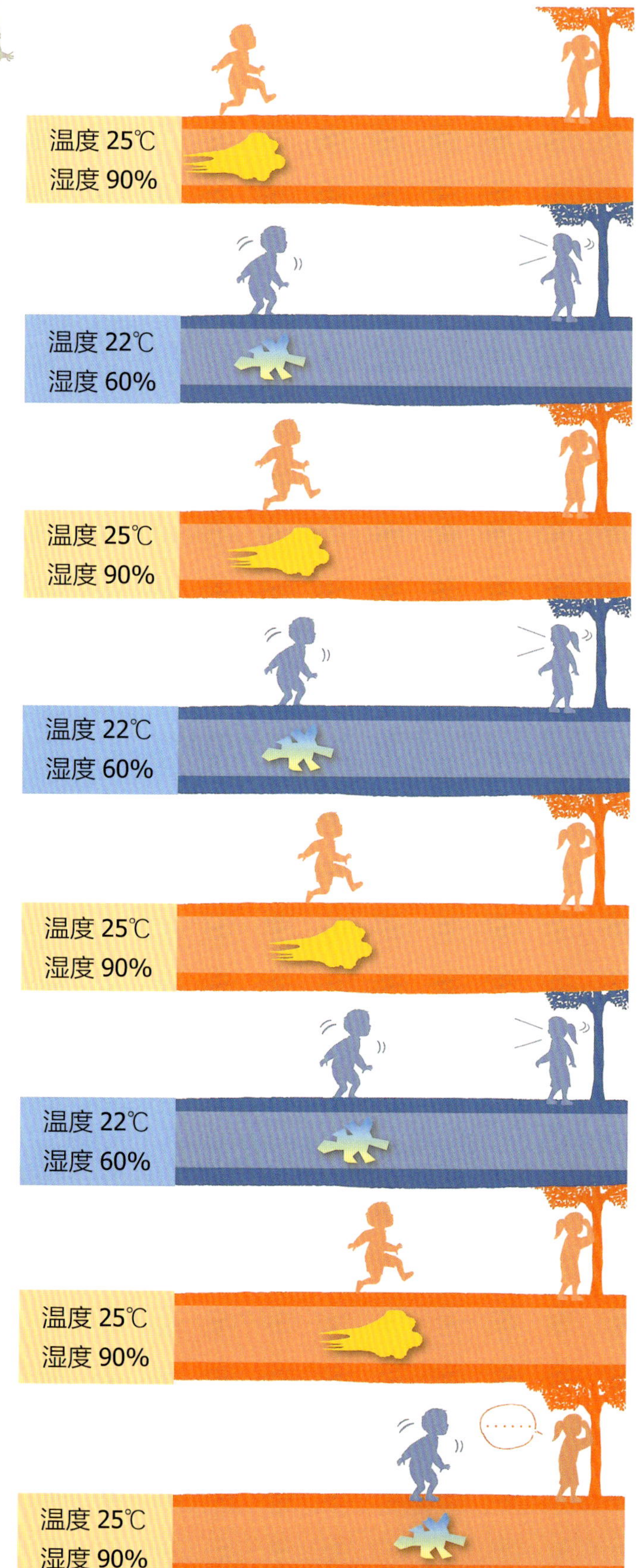

犹豫不决的黏菌

利用相同的通道，我又做了一个简单的实验。在通道的中央放上黏菌不喜欢的奎宁这种药品。如果奎宁浓度太高，黏菌会马上跑掉；如果奎宁浓度太低，黏菌又没什么特别的反应。所以将奎宁调整为既能让黏菌产生反应，又不会让它马上跑掉的浓度。这时，沿着通道前进到奎宁位置的黏菌会有什么反应呢？

- **首先，停止移动，几个小时内保持静止不动。**

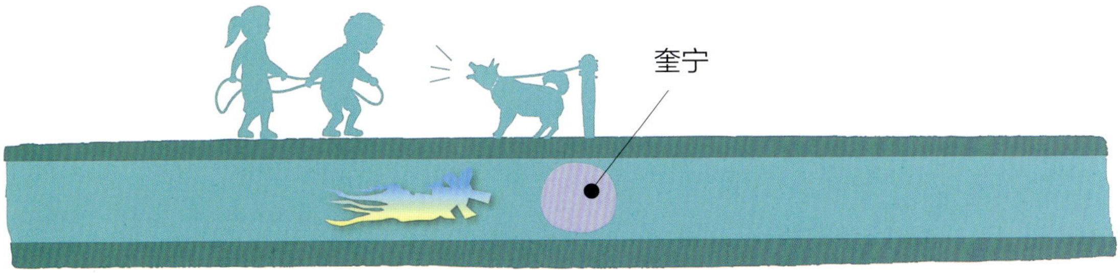

- **然后，突然开始再次移动。这时，黏菌会有以下三种行动中的某一种：**

1 越过奎宁，继续前进。

2 掉头返回。

3 一部分黏菌越过奎宁继续前进，一部分黏菌掉头返回。这种时候，两部分黏菌的移动方向虽然不同，但仍通过管道连接在一起。

我看到这样的结果，感觉黏菌简直和人在不知如何是好时犹豫不决一样。

据说黏菌在几亿年前就已经出现。人类的祖先是在几百万年前出现的。黏菌存在的时间比人类存在的时间要长几百倍，是人类的“老前辈”。

从这个角度考虑，我想在某种意义上，黏菌有生存下来的智慧之处。

于是，我又做了一个实验。

将两堆饵料放在黏菌周围不同的地方。

你认为黏菌会怎么做呢？可能有两种做法。

① 同时获取两处的饵料。

② 一开始先放弃同时获取两处的饵料，只向其中一处饵料移动。

黏菌要想同时获取相隔一定距离的两处饵料，就需要使用一定的办法。有什么办法能让黏菌以相连的形态，通过变形同时到达两处饵料呢？

黏菌给出的答案，是这样的。

黏菌使其一部分形成一根粗管道，剩下的分成两部分，全部聚集在饵料上，吸收养分。这根管道将两处饵料上的黏菌连接起来，微微弯曲，但基本是直的。直的管道，意味着用最短的路径把两处饵料连接了起来。管道越短，用于形成管道的部分就越少，聚集到饵料上的部分就越多，就能在短时间内吃到大量的食物。这样看来，黏菌最后形成的形状是很合理的。果然不能小看黏菌呢！

那么，黏菌总能选择最短的路径吗？接下来，我做了一个稍微有点儿难度的实验。

● 在琼脂培养基上，培养出圆环形的黏菌。

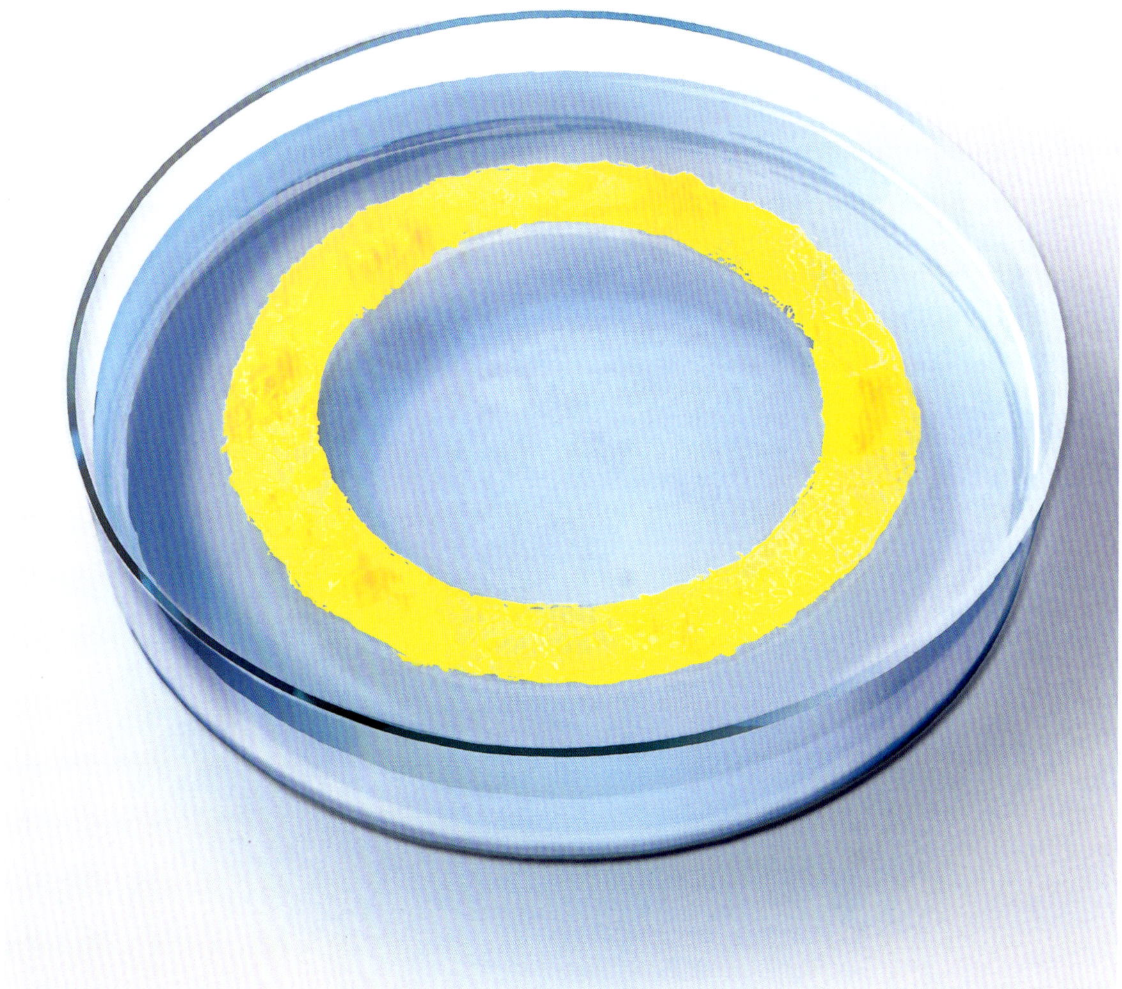

● 然后，在圆环形的黏菌上，放置两份饵料。一份饵料放在固定的位置，另一份饵料不断变换位置。变换位置的饵料到固定位置的饵料顺时针方向的路径长度和逆时针方向的路径长度不同。

果然，黏菌总会选择较短的那个路径。

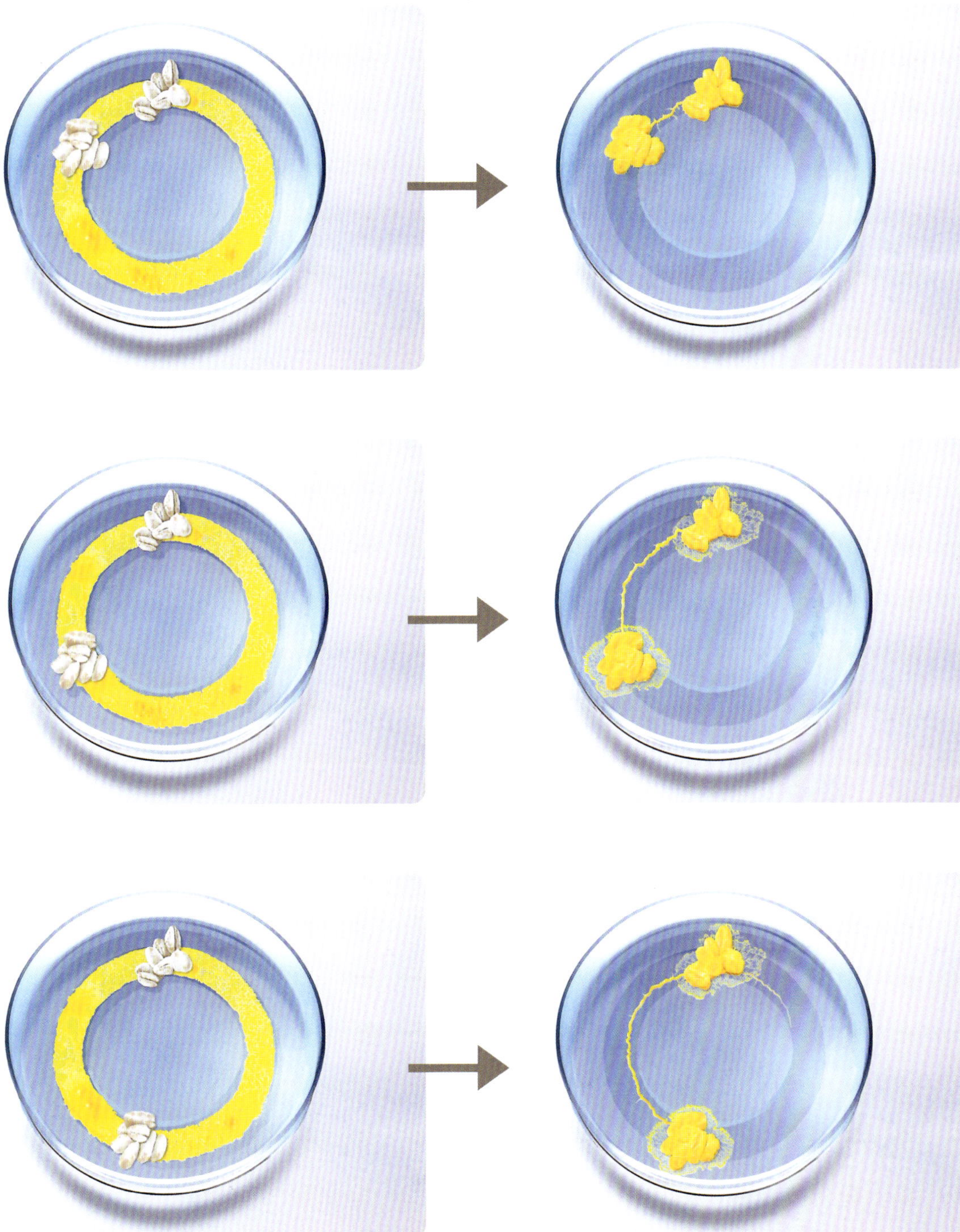

在两种路径长度相差不大的情况下，黏菌的一小部分有时候会选择较长的路径。

但即使在这种情况下，黏菌的大部分能选择较短的路径，说明黏菌具有寻找短路径的能力。

接下来，在更加复杂的迷宫中，黏菌会怎样呢？如图所示，我在有 4 种通关路线的迷宫中，进行了实验。

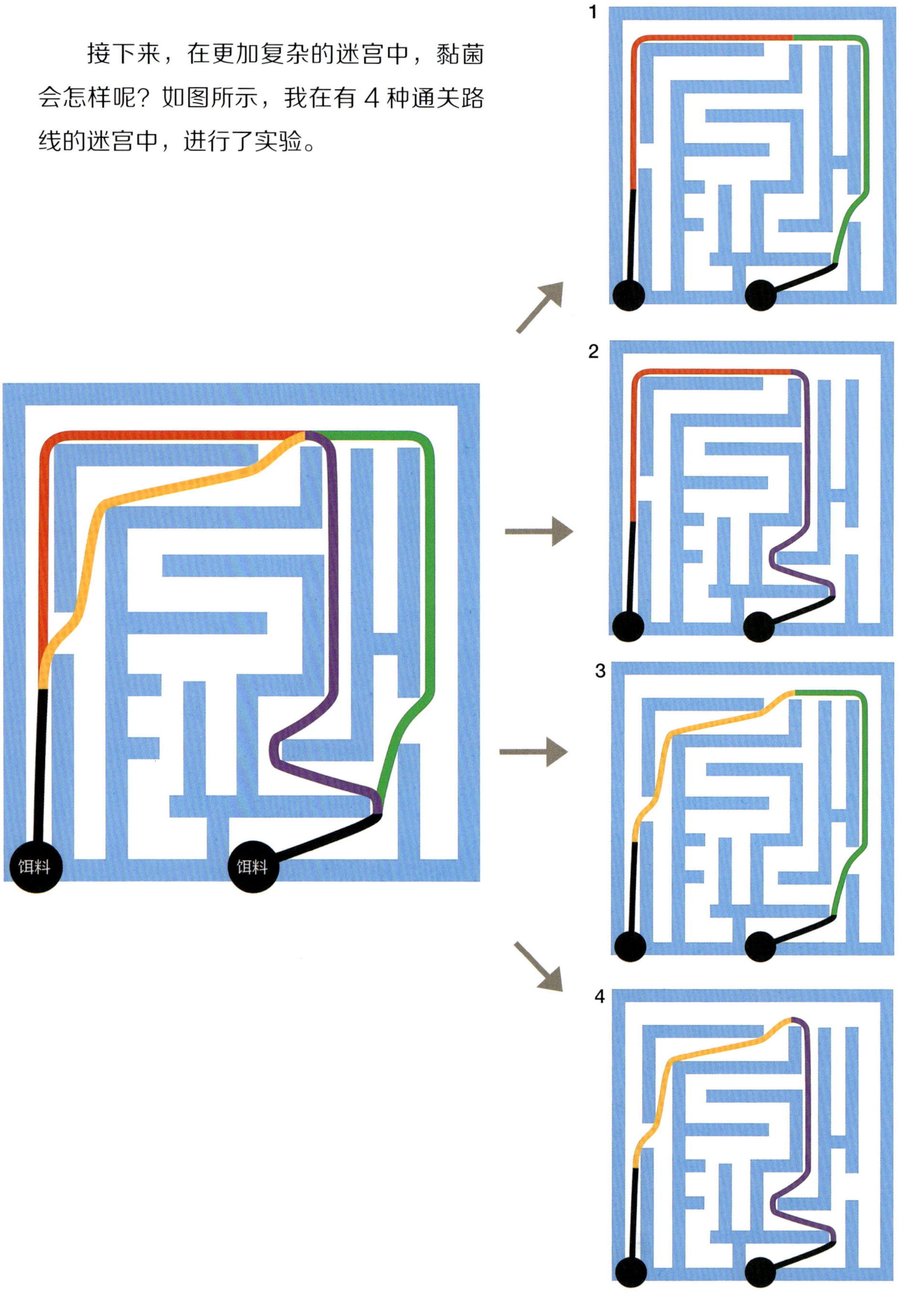

将 30 个切成边长约 3 毫米大小的黏菌变形体，均匀地放在迷宫的各个地方。

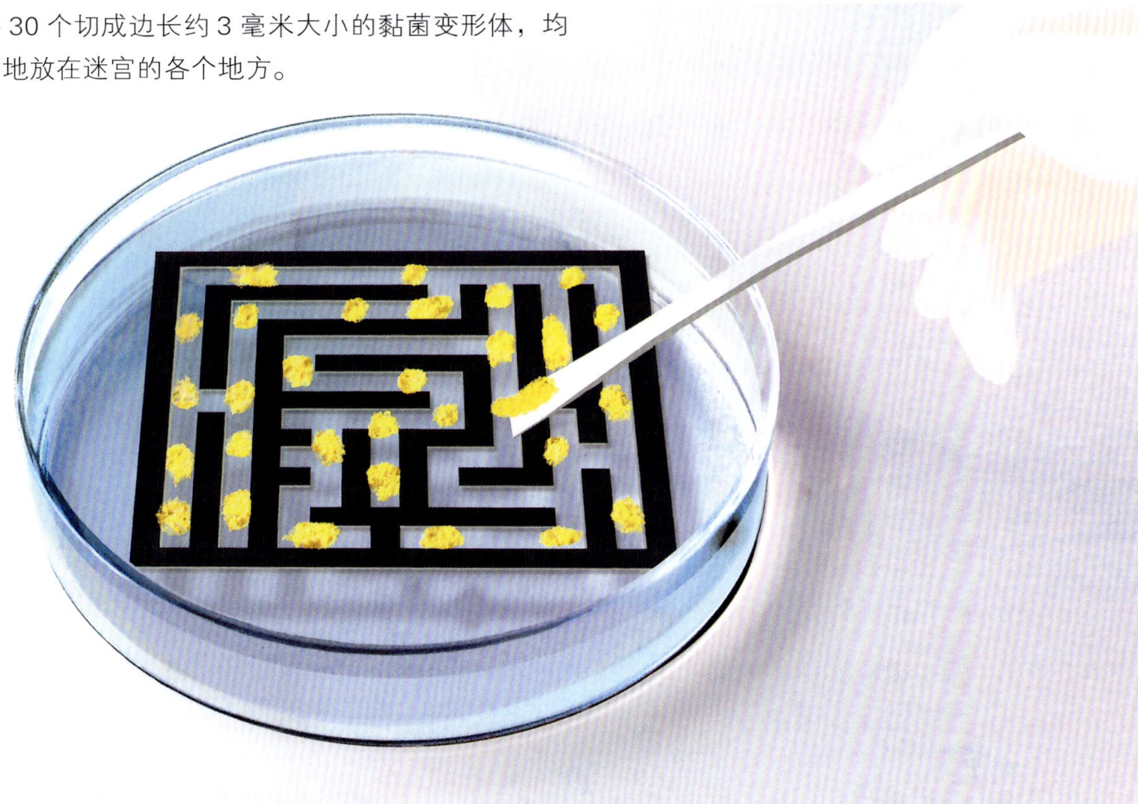

几个小时后，放置在迷宫各处的小黏菌变形体经过细胞核分裂，变大，每每相遇就结合在一起，形成一个大的变形体，逐渐填满了整个迷宫。这时，我在迷宫的入口和出口处放上饵料。

你猜，接下来黏菌会怎样呢？

刚开始，黏菌把伸进死胡同的那部分撤回来，并伸向有饵料的方向。最后，所有伸进死胡同的部分都撤了回来。

然后，黏菌在连接两处饵料的路线上，各铺设了一根粗粗的管道。

接着，在这些管道中，绕远路的路线上形成的管道会渐渐萎缩、变细，直到断裂、消失。与此同时，黏菌不断地向饵料汇集，最后……

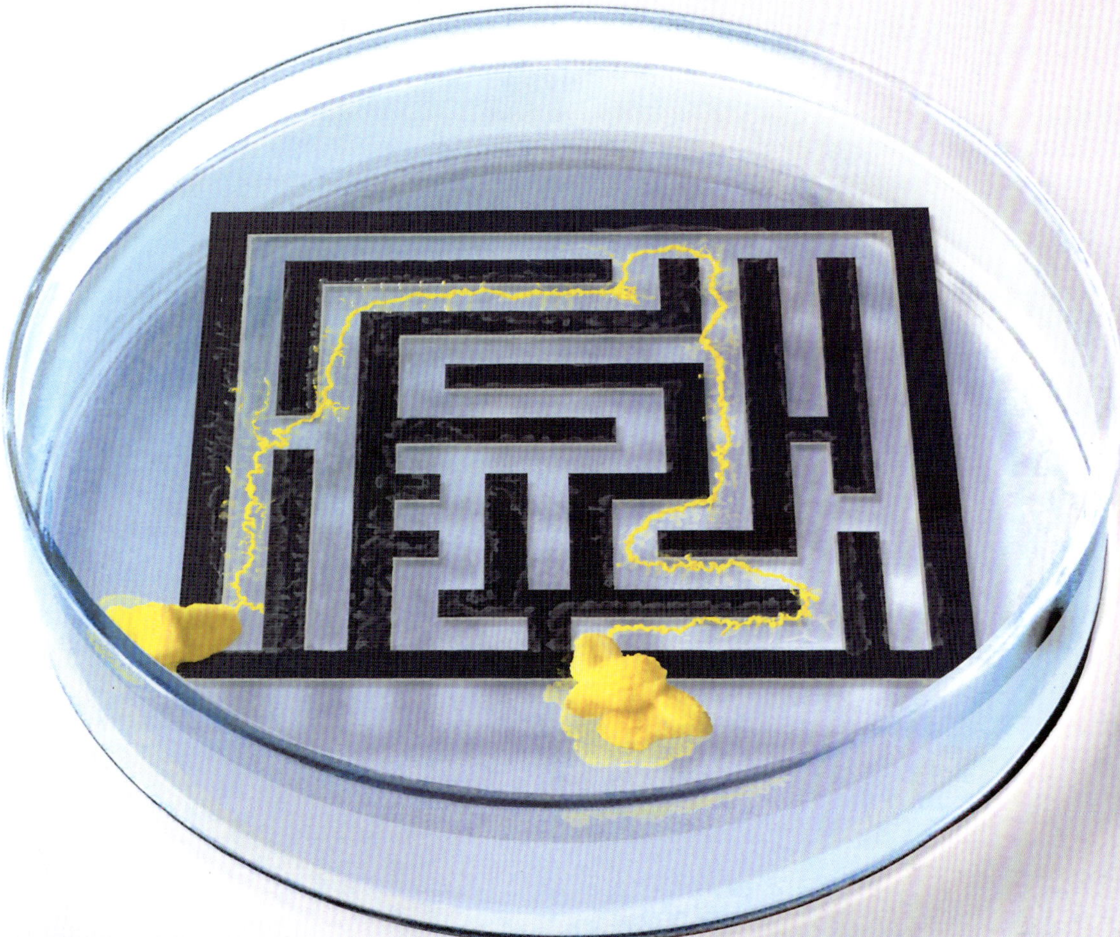

只剩下了以最短路线连接两处饵料的黏菌管道。

同样的实验我重复了好几次，大约一半的实验中，黏菌都选择了最短路线。虽然这个迷宫并不难，但单细胞的黏菌能破解迷宫，着实让我吃了一惊。

那么，黏菌是怎么破解迷宫的呢？

单细胞的黏菌，外面覆盖着细胞膜，里面充满了被称作细胞质的黏液。黏菌管道也被细胞膜覆盖，里面流动着细胞质。黏液会流动，所以管道越粗、越短，就越有助于黏液流动。

① 细胞的细胞质流动活跃时，管道会变粗。管道变粗，便于黏液流动，那么细胞质流动就更活跃，管道就会变得更粗。

② 反过来，如果细胞质流动不活跃，管道就会越来越细，直到最后消失不见。

管道粗细和管道中流动的细胞质的活跃程度，二者之间就是这样的关系。

这一点，成为我思考黏菌如何破解迷宫的切入点。

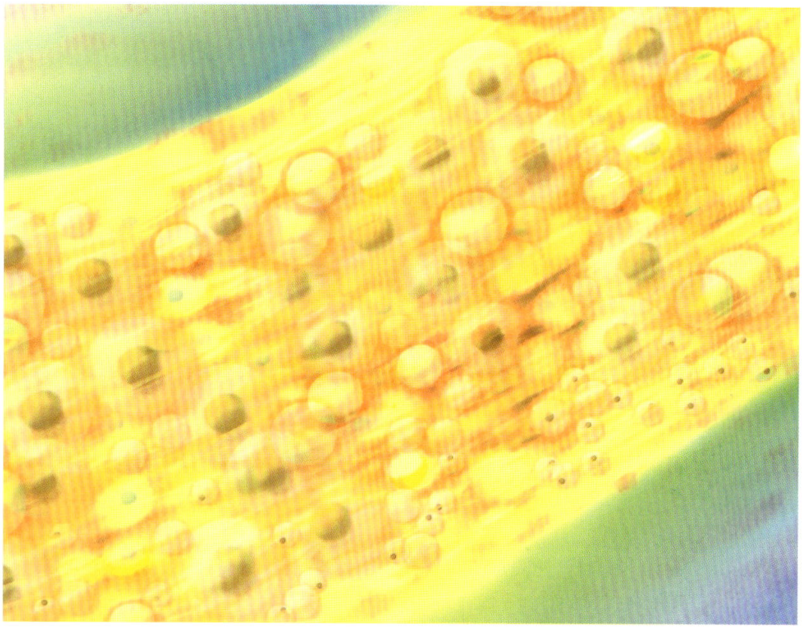

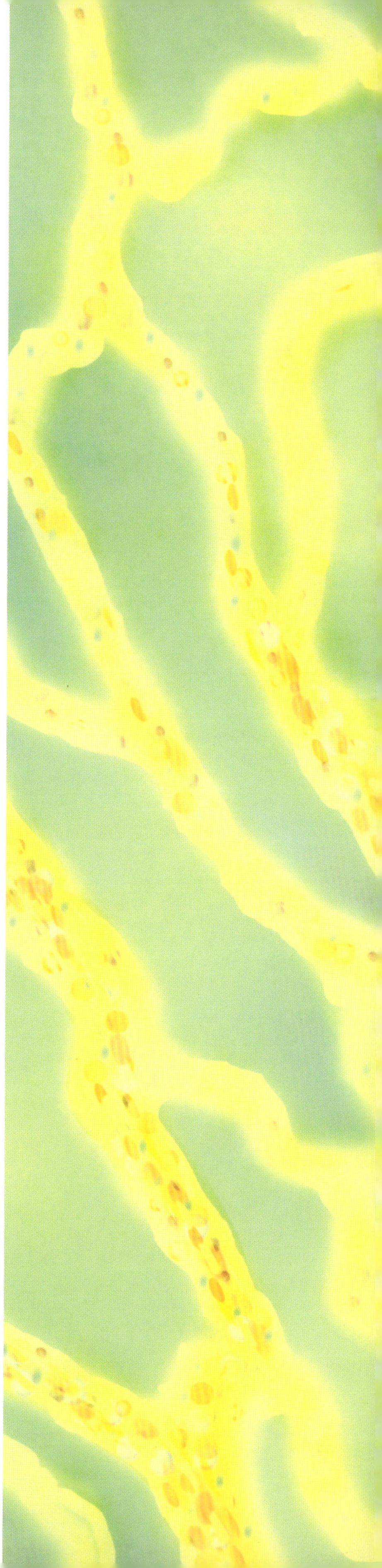

首先，我想象了一个这样的场景：黏菌的大量细胞质集中在两堆饵料处，它们在连接两堆饵料的管道中来回流动。然后我开始思考，身边有没有和这样的场景类似的东西。有，水管！于是，我用电脑制作出和黏菌实验相同的迷宫，并在迷宫的每一条道路上设置粗细相同的水管，连成一张迷宫形状的水管分布图。

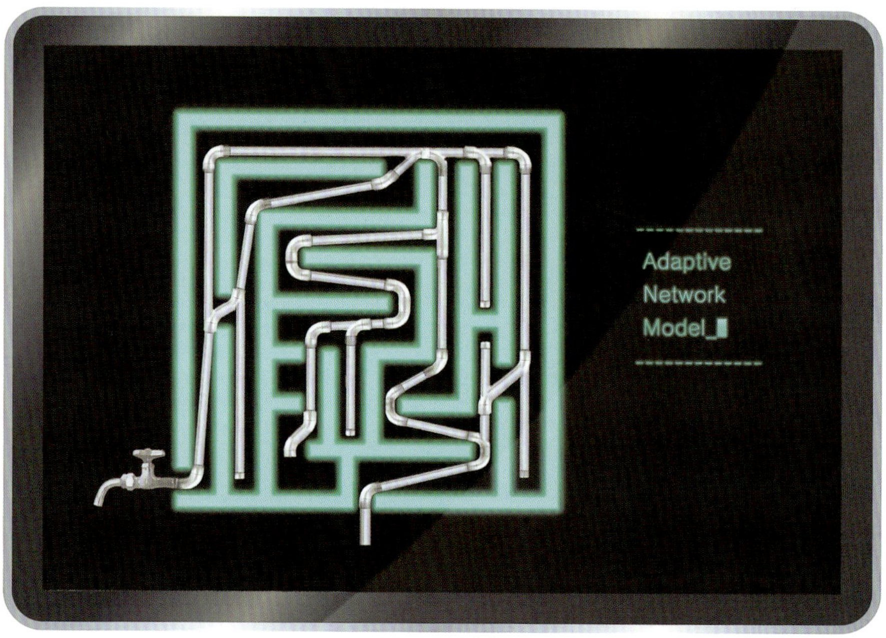

在两处饵料的其中一处安上水龙头，把这里当作迷宫的出口。从另一边注水，把这里当作入口。把水龙头轮流装在两处饵料的位置，就可以改变水流的方向，这样更接近黏菌的状态。

这个水管和电脑上设置的水管是一样的，也具有和黏菌管道相同的性质。

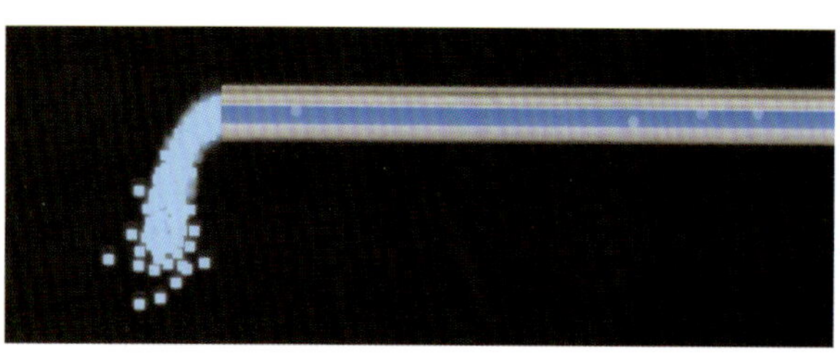

水流活跃的时候

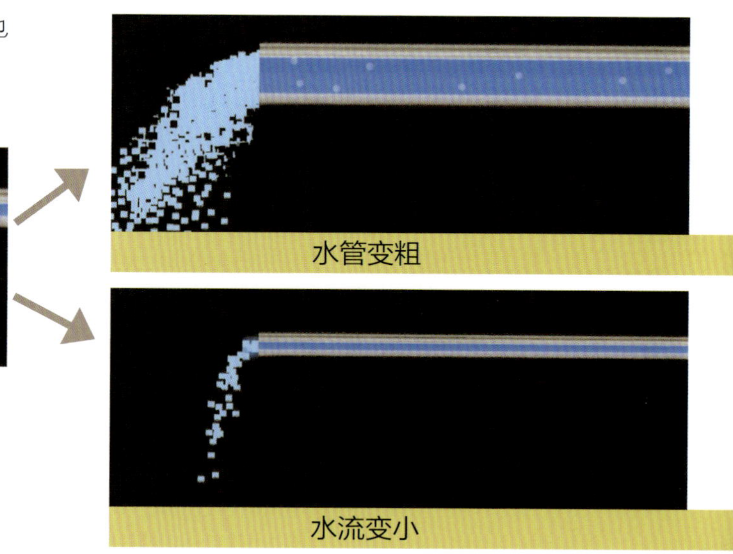

我们拧开水龙头放水试一试吧。根据每根水管中的水流量，调整水管的粗细：将水流大的水管调粗，将水流小的水管调细。这样一来，水流量也会有所变化，然后再调整水管的粗细，水流量随之再发生变化，然后再调整水管的粗细……不断重复这样的操作，会怎么样？最终，连接入口和出口的管道中，只有路径最短的水管变粗并存留下来，其他水管都消失不见了。

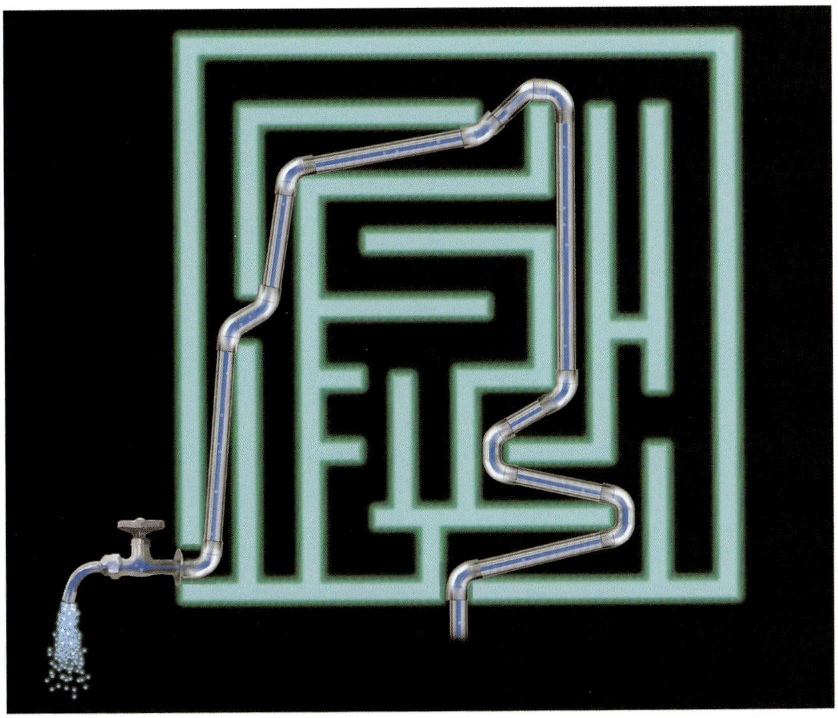

这张用电脑制作出来的水管分布图，有一个酷酷的名字：自适应网络模型（Adaptive Network Model）。

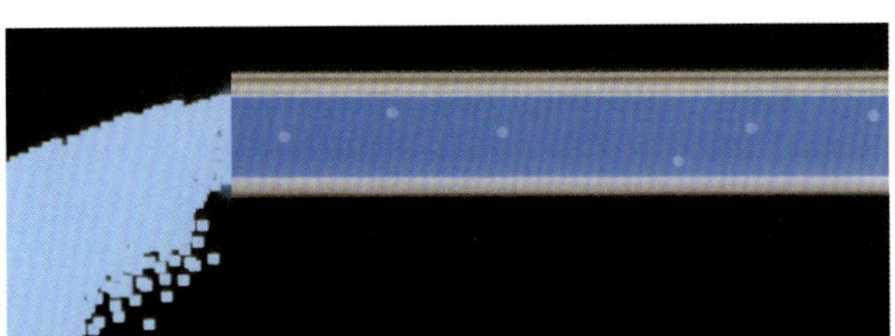

水管变粗后，水流变大

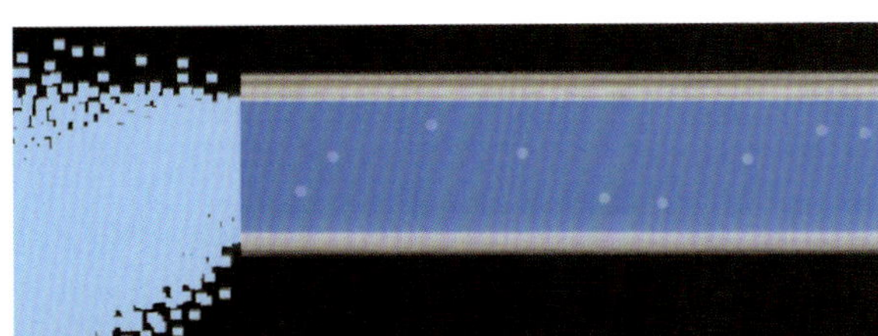

水管变得更粗

水管渐渐变细

直到完全消失

有趣的是，每一根管道只对自己内部的流量做出反应，根据水流情况改变自身粗细。整个过程中，没有掌控全局并对每根管道发号施令的角色。但即便如此，黏菌也能找到整体上最短的路线。像这样，虽然没有司令官，每根管道看上去自顾自地变化，却能实现整体顺利完成相应活动的方式，被称作“自律分散方式”。这种方式在生物解决问题的时候尤其常见。

自律分散方式

在郊游等有很多人一起行动的集体活动中，带队老师要纵观全局，提醒大家保持队形，引导大家向正确的方向前行。像这种由某个人来组织队伍、指明方向的做法，叫作“集中管理方式”。与此相反，鱼和蚂蚁的群落，虽然没有领队，但能非常顺利地作为一个集体统一行动。这种时候，每一条鱼、每一只蚂蚁似乎是根据周围伙伴的动作，通过“自己的判断”来决定前进的方向。这种做法，叫作“自律分散方式”。

作为人类，在思考数学和语文问题时，我们的脑会开始工作；在骑自行车和走路时，我们的脑会对肌肉发出指令。人类的身体，可以说是由脑这个司令官来指挥的。那么，脑中有没有指挥脑的司令官呢？

实际上，是没有的。脑中有一种叫作神经元的绳状细长细胞，这种细胞互相连接，形成网状结构（神经网络）。我们在思考问题时，神经网络中有的地方有电信号（非常弱的电流）流动，有的地方没有电信号流动，在这样的过程中，我们会逐渐找到问题的答案。虽然其中的原理还没有完全搞清楚，但人们已经发现，当细胞和细胞的连接处有很多电信号流过时，细胞之间的连接会变强，电信号就更容易流过。越是经常使用的地方，电信号的流动就越通畅，这一点是不是和黏菌的管道很像？难道说，黏菌和人类虽然差别巨大，但同为生物，本质上存在某种共通之处吗？

虽然说黏菌破解了迷宫，但那只是非常简单的迷宫。于是，我尝试让它们解决更难的问题。

① 准备长方形的黏菌，把两堆饵料放在对角处。

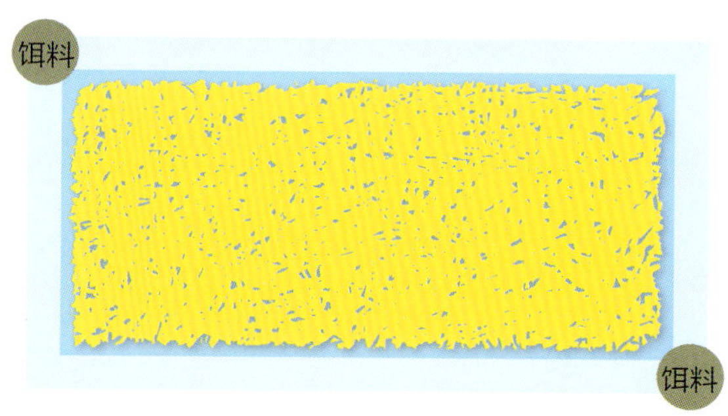

于是，黏菌大部分聚集在两堆饵料上，并大致沿着连接两堆饵料的直线形成管道。这是黏菌擅长寻找的最短路线。

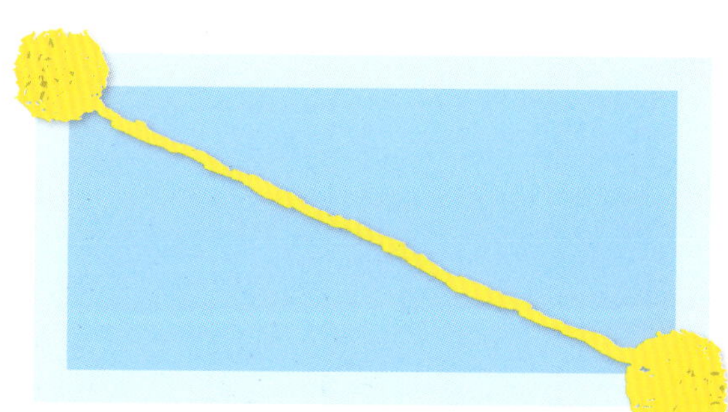

②接下来，就有些不一样了。准备和①相同的黏菌。然后，在放置饵料的同时，用一种黏菌不喜欢的特殊光线照射长方形上侧三分之二处，下侧三分之一处避免光线照射。

如果不放饵料，按照和②相同的方式对黏菌进行光照，黏菌会跑到暗的一侧。黏菌在光照处逃跑的速度是在暗处移动速度的两倍。由此可以推测，黏菌在这种光线下的不舒服程度是它们在暗处的两倍。

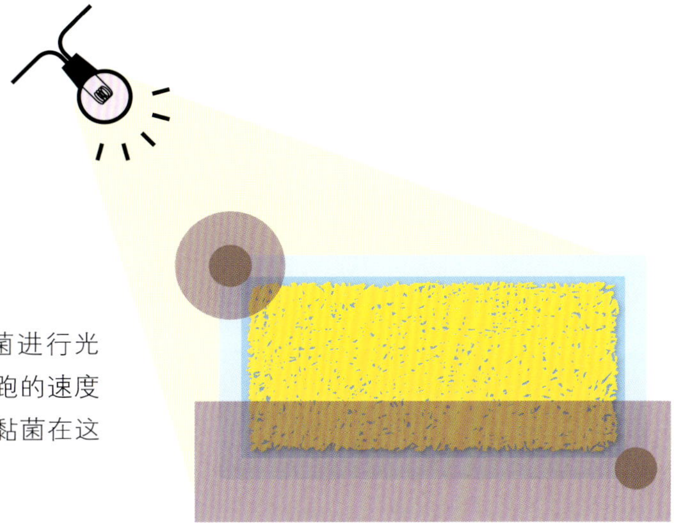

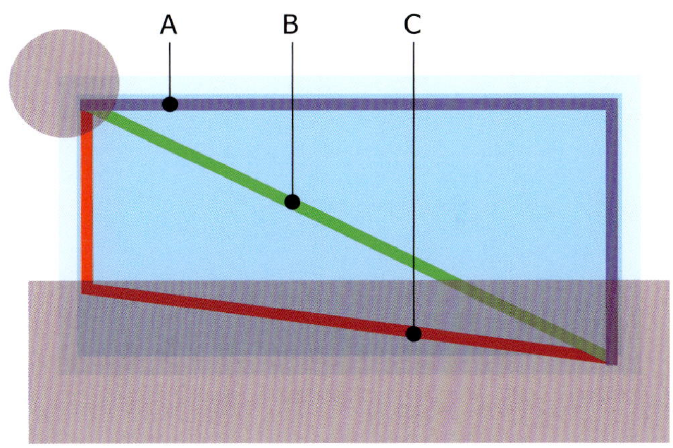

那么，黏菌会如何连接两处饵料呢？大概可以预测 A、B、C 三条路线。

A 被光照的时间最长。

B 为没有光照时选择的路线，路线长度最短。

C 被光照的时间最短。

黏菌应该不会选择 A 吧，那应该是 B 或 C 中的一个。

可是，结果既不是 B，也不是 C，而是 D，是介于 B 和 C 之间的一条路线。

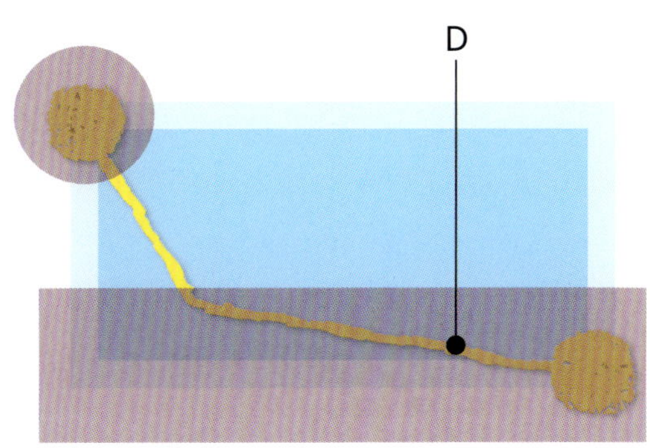

这到底是怎么回事呢？好像并不是黏菌没能找到最短路线，应该还有别的原因。

于是，我对黏菌管道整体承受的“压力（不同光照情况下黏菌的不舒服程度）”进行了比较。

- 把黏菌管道在暗处受到的“压力”作为基准，视为 1 倍。
- 当有光照时，黏菌以 2 倍的速度逃跑，所以光照处黏菌管道受到的“压力”是暗处的 2 倍。
- 管道越长，“压力”越大。

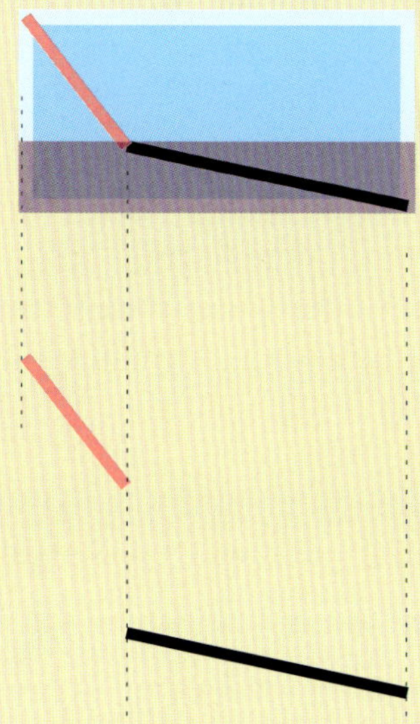

在光照处，黏菌管道受到的“压力”是暗处的 2 倍，
这相当于在光照处的路径长度为 2 根管道的长度。

×2＝

因为把暗处的黏菌管道受到的“压力”作为基准，
所以暗处的路径长度为 1 根管道的长度。

×1＝

黏菌的全部管道受到的“压力”，
是光照处管道 + 暗处管道的长度之和。

＋ ＝

以上面的关系为基础，用图来比较 B、C、D 三条路线的总“压力”。

B
长度最短的路线

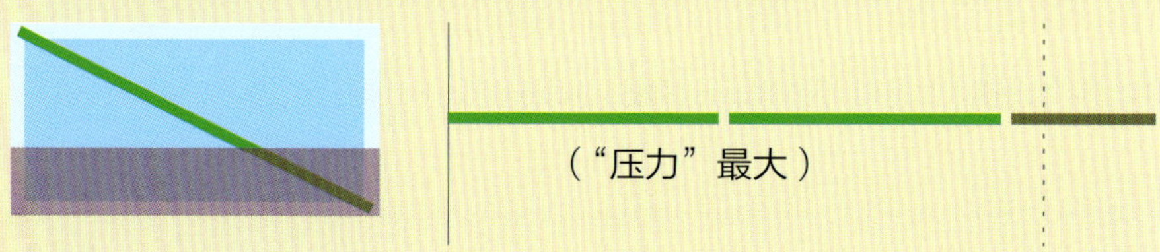

C
光照时间最短的路线

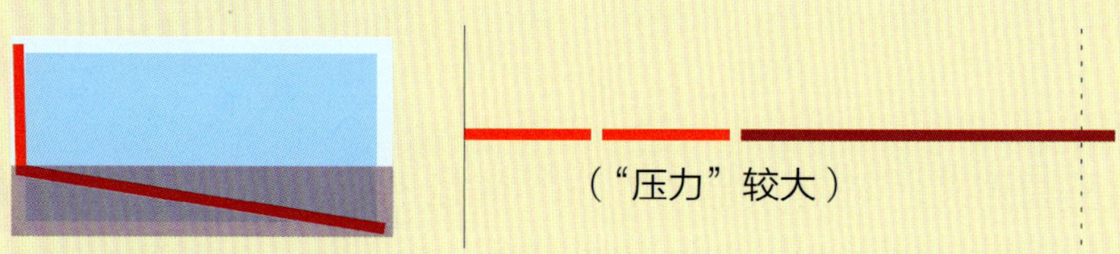

D
黏菌选择的路线

黏菌形成的管道，选择了整体受到的“压力”最小的路线。看，黏菌真是很厉害呢！在“不同地方受到的‘压力’不同”这种情况中，“找到整体受到的‘压力’最小的路线”这个问题实在太难了，就连大学生也会非常伤脑筋。但黏菌给出了这个问题的正确答案。黏菌太了不起了！

下面是我让黏菌绘制的日本关东地区的铁路路线图。

在铁路路线图中的主要城市的位置放上饵料，再放置黏菌。26 小时后，为寻找饵料扩散开来的黏菌形成了一张连接饵料的铁路网。

5 小时后

8 小时后

11 小时后

16 小时后

24 小时后

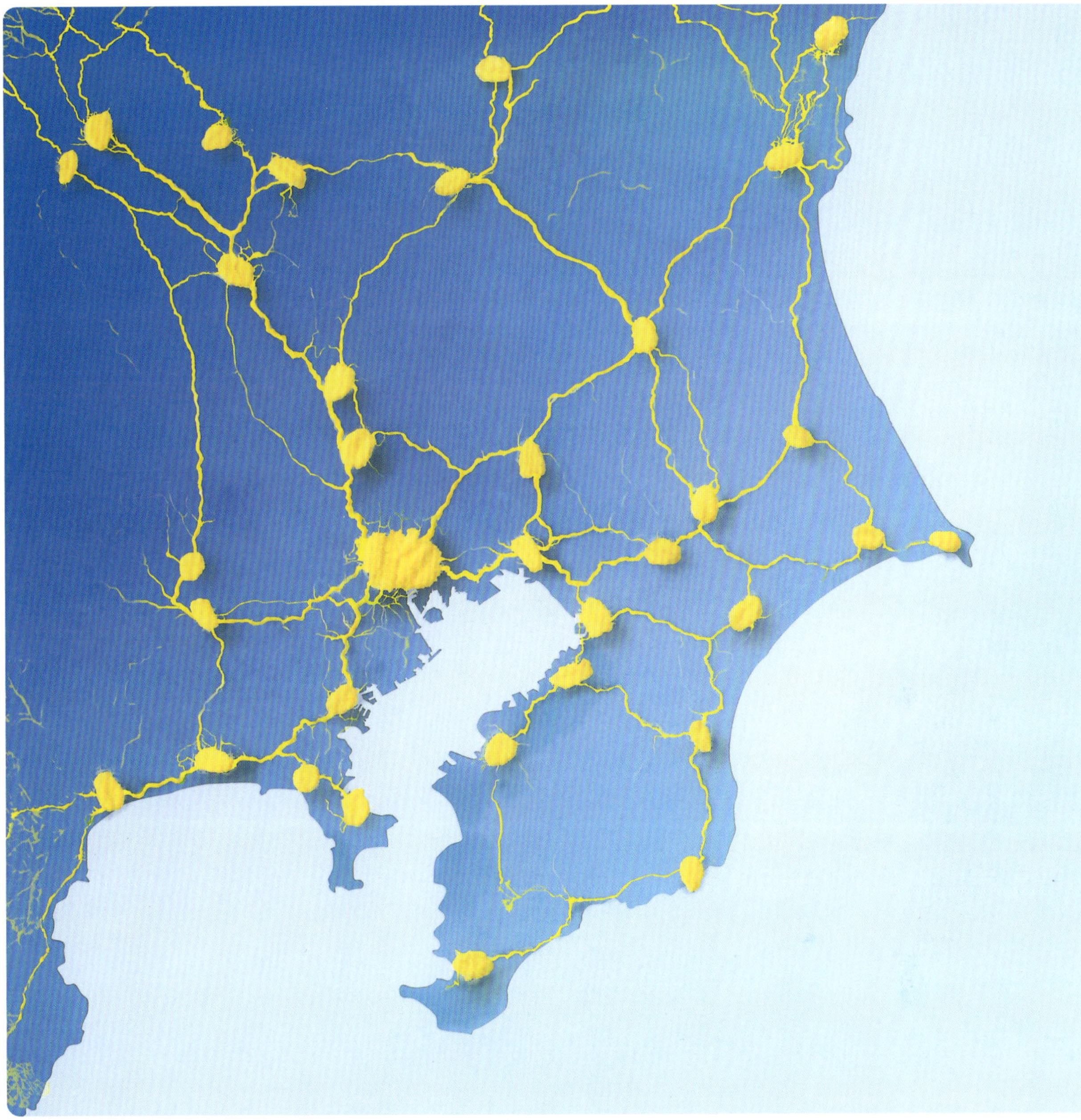

26 小时后

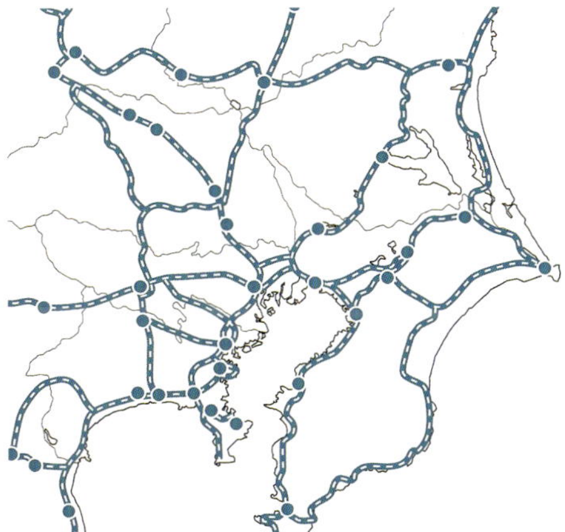

和实际的铁路路线图很相似。

研究单细胞生物的出发点，是“我究竟是什么？”这个朴素的问题。它最终成为一场沿着进化长河不断回溯、追寻源头的探险。在认识到单细胞生物的智慧后，我接下来的目标是：在研究单细胞生物活动的过程中，去探寻人类那些特有行为的起源，从而探明何谓“人类的本质”。

中垣俊之

日本北海道大学电子科学研究所教授。1963 年出生于日本爱知县，毕业于北海道大学药学部，修完了名古屋大学人间情报学研究科博士课程（学术博士）。2008 年、2010 年获搞笑诺贝尔奖，2010 年获《爆笑问题的日本教养》节目主办的“爆笑诺贝尔奖”，2010 年获函馆市长奖。

齐藤俊行

1966 年出生于日本福岛县，毕业于日本武藏野美术大学。插画师，设计师。开办了设计工作室水银堂。图画书作品有《圣诞节的神奇箱子》《睡吧睡吧》《额头，砰砰砰》《风呼呼地吹》《雪天的乐趣》《雪花的秘密》《黏菌的智慧》《富士山的绿球藻》等。

图片资料提供者：北海道大学高木清二博士

前　言

欧洲：一份文化的遗产

人们常常要求一部书的作者表明其创作的动机，但只有在极少数的情况下，作者才会道出其作品的真实创作缘由。不过，有的时候，作者也会有某种需求，想要说些什么——更准确地说——想要倾诉其职业信仰。本书的文字和图像就见证了作者对于那座位于亚洲西部的、名为“欧罗巴”的半岛的挚爱。对于当下的许多人来说，“欧洲”一词意味着他们的某种权利被强行剥夺了：他们既不能在沟渠里发酵奶酪，也不能在大理石槽里腌制科隆纳塔的盐渍肥猪肉。对于另一些人而言，“欧洲”则是一个离日常生活需求相去甚远的区划概念，这个区域通行的欧元基本代替了原有各国货币，但日常生活中似乎只感受到它大大提升了面粉的价格。在其他一些人眼里，抛弃历史久远的欧洲各王国旗帜甚至意味着忘却祖祖辈辈的记忆。

然而，的确存在这样一种混合元素，让组成“欧洲”的各国人民心手相连，其黏合力远胜于他们所生长的各个国家，这便是巨大的文化遗产。科莫的罗马式建筑切石匠、法兰西的哥特式建筑工匠、德意志的古钢琴制作者和演奏者、那不勒斯

▲ 古罗马艺术，《马可·奥勒留骑马像》（*Statua equestre di Marco Aurelio*），161—180年，青铜，高424cm，罗马，卡比托利欧博物馆

的抒情歌者、洛林的厨师、英国的环游者、西班牙的戏剧演员、俄罗斯的贵族、特伦特的宗教印刷品商贩、奥地利的甜品师、荷兰的巧克力匠、巴伐利亚的啤酒商、阿尔萨斯的纺织工……在这个由富人和穷人、银行家和细密画匠组成的充满创造力和生产力的世界里，人人都知道他们所处的世界并不局限于他们的国家，而是整个欧洲。他们在那里自由往来，一如当年的“天使博士”（Doctor angelicus）托马斯·阿奎那（Tommaso d’Aquino）、“精微博士”（Doctor subtilis）邓斯·司各脱（Duns Scoto）和“常胜博士”（Doctor invincibilis）奥卡姆（Guglielmo Ockham）。当年，游历四方的人是杰出的，而故步自封者则是死气沉沉的——更有甚者，为了保护当地的一己之利，不惜让他人死于战争。切石匠变成了建筑师；纺织工创造了现代时尚——如今，包括东方在内的全世界的人都穿西装，打领带。以发明领带、蛋黄酱、炸薯条、比萨、疫苗和二进制计算法而著称的欧洲，其影响力已遍布全球。

如今，所谓“旧大陆”的身份已不再体现于其争强好胜的秉性，而体现于它的文化。更何况，鉴于锡耶纳人已与佛罗伦萨人和睦相处，高卢人某天也很有可能与拉丁人、日耳曼人、撒克逊人和斯堪的纳维亚人和睦相处，欧洲的梦想也得以继续留存。不过，真正将欧洲人彼此联结的，还是他们复杂的文化——这种文化有着彼此独立却相互交织的根系，持续不断地嫁接融合。18世纪的贵族先是在通婚的过程中彼此交融，后来又在战场上兵戎相见。19世纪的资产阶级建立了各自的企业，在一争高下之前也曾经历相互合并的阶段。不过，无论是哪一方，他们都已习惯使用多种语言沟通和阅读，欣赏同样的交响乐，追捧同一批艺术家。不同国家的人民一方面被军队和政治划分成不同的阵营，另一方面却因共有的文化而被统一起来。

本书尝试寻找欧洲各国的文化共同点，发现它们显著地集中于各大机构在近几个世纪里各自保存的丰富藏品之中——如今，这些机构仍在继续扩充并宣传它们的收藏。本书提及的诸多博物馆构成了某种切实的群体记忆，记录了一个奇迹般大一统的欧洲。本书讲述的，是在由文艺复兴向现代过渡的历史时期，以及在欧洲及直接受欧洲影响的其他地区，“博物馆如何诞生”的恢宏史诗。读者将在本书中读到的，绝不是能在网络中轻易搜索到的导游信息，而是每一家博物馆创建的历史。从某种意义上说，它讲述的也是关乎欧洲人、关乎各大家族和王朝、关乎社会文明进程及其推进者的文化遗产史。为了激发读者的梦想和好奇心，本书在就每一座博物馆展开讲解的过程中，提到的均是最能引发思想交锋的作品，而不一定是最受人追捧的作品。事实上，博物馆从来不是一个“中性的盒子”：其中容纳的作品在另一个空间也能获得同样的含义。从这个意义上看，一座博物馆与一篇科研论文的功能恰恰是相反的。在博物馆里，参观者有机会通过作品的解说标识牌，扪心自问，究竟是什么让自己在回廊间漫步的过程中停下脚步，驻足于某一件作品。在博物馆里，完全有可能发生某种夸张的情形，参观者关注展陈空间甚于悬挂于墙面的画作、置于空间中央的雕塑和收藏于橱窗里的珠宝。然而，参观者的此类举动并没有错。因为卢浮宫里用来陈列画作的那些15世纪的大厅，还有那些装饰精美的窗框都如此让人心醉神迷！若是置身于卢浮宫或艾尔米塔什博物馆，不像当年的王公贵族那样凭窗欣赏窗外的河流，那便无异于睁眼的盲人！革命党人孔多塞（Condorcet）侯爵有言：“君主制的遗产即主权在民。”（Le peuple souverain est l’héritier du prince）如今，当貌似已成为主权者的参观者在博物馆里摆出当年路易十四（Luigi XIV）或沙皇尼古拉二世（Nicola II）尚未倒台前的姿态时，内心或许也能获得某种安慰吧。

对于每一个试图重走启蒙运动时期兴起的“壮游”[1]的参观者而言，博物馆都是极具吸引力的目的地。当人们穿行于旧大陆上的一座座城市，理应在他所能见到的每一座博物馆里驻足思考，犹如中世纪的游方僧流连于每一所修院和早期大学的图书馆。本书的主题可以用一句古老的法国谚语来概括——“旅行塑造青年”（Les voyages forment la jeunesse）——这句谚语的含义是指青年在旅行的过程中成长，如同中世纪的古老手工业行会成员在游历不同城市的过程中精进其技艺。我们

[1] 壮游，Grand Tour，自文艺复兴以后，在欧洲贵族子弟中流行的一种欧洲传统旅行。——编者注

所有人，都有必要好好继续学习。

美与和谐

“美将拯救世界”——此言出自教宗若望·保禄二世（Giovanni Paolo Ⅱ）。这一宣言曾激起普遍的热烈反响，但很少有人关注它的灵感来自何处。其实，它来自这个从青年时期就钟爱戏剧的儒雅之人的阅读积累。若望·保禄二世非常熟悉陀思妥耶夫斯基的《白痴》（*Idiota*），其中的梅什金公爵（Miškin）在经历了绝望的一生后，说出了“美将拯救世界”这一名言。然而，对于那位俄国作家而言，究竟什么是美呢？他的原话是：Мир спасет красота（Mir spasët krasota）。作为一位圣彼得堡的俄国人，他认为美究竟是什么？这句引语又来自何处？答案是希波的奥古斯丁。这位教会博士认为救赎是“天主之美”（pulchritudo Dei）带来的结果。作为一个基督教信徒，他认为什么是“美”（pulchritudo）？毫无疑问，他所说的美与我们当代人所理解的美并不相同。倘若我们有机会遇见某位相貌堂堂的古罗马百人队队长，千万不要用“美”（pulcher）这个字眼来称赞他，否则他可能会大发雷霆——因为他认为自己拥有的，是一种男性之美，即“英俊”（formosus）。如今，与古罗马人最相近的西班牙人仍在使用“hermoso”一词。至于“美”（pulchra）这个字眼，则是我们用来形容优雅的女子时所用的辞藻。因此，正如事事有理的奥古斯丁所认为的那样，“美”（pulchritudo）指的是优雅。

如此一来，追问“美”的含义便成了一种十分自然的行为。在彼此各异的欧洲语言里，只有少数几个词的词形是通用的——意大利文中的“美”（bellezza）一词显然不在此列。平心而论，即使语言学家也无法就这个词的起源达成一致，因为只有在中世纪的经院派哲学体系里，这个词才具有统一的用法。它或许来源于“战争”（bellum）一词，即指战争所需要的力量；也可能来自晚期拉丁文“benelus”——对应的意大利文为“buonino”，意大利人如今仍用这个词来表

▲ 让-里奥·杰洛姆，《结束摆造型》（*La fine della seduta*），1886年，布面油画，48cm×41cm，私人收藏

示“一盘美味的意大利面”。显然，使用“bellezza”或“beau”来表示美的只有意大利人和法国人。英国人用“handsome”（其词源来自古罗马军团士兵强健的手）形容男性，用“pretty”（其词源不详）来形容女性。至于“beautiful”，则明显来自法语，指那些“随诺曼人而来，充满了法国气息的事物”。西班牙人从来不用“hermosa”形容女士，而是更爱用“linda”一词，这个词很可能来自古希腊文，也可能来自拉丁文的“limpidus”（光亮的）或古德语里的“lind”（柔软的）。的确，拥有一半拉丁血统、一半哥特血统的西班牙人综合了一位妻子所应具有的两大重要特征：温柔和美貌。不可否认，德国人使用的字眼更为古怪：来源于“Sonne”（太阳）的“schön”，其含义仍然与“光亮”相关。值得注意的是，在古代罗马，光亮根本不是一种值得赞誉的品质，因为“lux”（光）一词意味着“lusso”（奢华），而奢华是被共和国的法律所严格限制的。相较而言，“electi”，即“ex-lecti”一词所象征的至高无上的高贵就是另外一种情形了。该词意为“当选者”，指那些入选贵族名单成为元老的人。那些人身着统一的服装，仅凭白色长袍上的一条红色纹样区别于常人。

的确，如往常一样，这一问题也应追溯至古希腊时期，那时的人们认为美的事物必然是好的，而好的事物必然是有用的。这一理想被称为“kalokagathia”（意为“美善合一”，希腊文写作καλοκαγαθia）。在这个概念里，“kalos”（意为“美”，希腊文写作καλος）应是“善”和“用”的结果。直到今天，意大利人仍在承袭这一理念，正因如此，他们才会将一盘好吃的面条称为“美美的一盘面条”。所以说，不仅因为赏心悦目而美，更因为有用而美。尽管读者们可能会指责我舞文弄墨，但我还是要指出，当法国古典主义诗人尼古拉·布瓦洛-德普雷奥（Nicolas Boileau-Despréaux）在17世纪中叶写下以下诗句的时候，也在表明同样的理念：“只有真才美，只有真才可爱。”（Rien n’est beau que le vrai: le vrai seul est aimable.）

两个世纪后，浪漫派诗人阿尔弗雷德·德·缪塞（Alfred de Musset）在1842年写下了诗行，彻底倒转了真与美的关系：

Rien n'est beau que le vrai, dit un vers respecté;
Et moi, je lui résponds, sans crainte d'un blasphème:
Rien n'est vrai que le beau, rien n'est vrai sans beauté.

只有真才美，一句备受尊崇的诗行如是说；
我却要这样回应，哪怕将遭受辱骂：
只有美才真，没有美便没有真。

所以说，“美”的确是一个见仁见智的问题。当皮娜夫人（Signora Pina）说“本身美的事物并不美，只有让人喜欢才叫美”时，她或许是有道理的。女诗人萨福提出只有受人喜爱的事物才是美的事物时，这毫无疑问会让皮娜夫人感到安心。但皮娜夫人不知道毕达哥拉斯，不知道他曾将这一问题提升到更高的层面，上至天空中的群星，下至地面上的音符。

在毕达哥拉斯那里，数字之间形成了一种被他称为“和谐”（άρμουια）的平衡：一、二、三和四之间的几何关系形成了“三角点阵”（τετρακτύς），且这一点阵形成了所有存在的整数的来源。后来，毕达哥拉斯学派的学者继而寻找数字之间的所有和谐关系，直到发现了三角点阵之外的第一个数字——五，包含了一种意料之外的，在对角线和单边之间的平衡关系。从这种关系中产生了黄金数，而菲迪亚斯正是利用这个黄金数设计出了帕提侬神庙正立面的高宽比。自此以后，“和谐”的概念就变成了一个与几何、比例、音乐和道德相关的概念。对于今天的我们来说，和谐所代表的事物和元素之间的平衡构成了美在千变万化的形式之外不变的根本。

每一个人（即使是不那么理性的人）都在寻求周围世界里的和谐，进而尝试理解这个世界。就连那些主张混沌理论的学者，说到底他们也是在追寻终极原因的。若没有某种明确的秩序或非秩序，就没有任何理解的可能。任何一种语言系统都来自符号的有序排列：无论是我们日常所说的语言，还是音乐家谱写的乐曲，抑或是厅堂的家具摆设，甚至是我们在餐桌上摆放的一系列餐盘。收藏家也会在其收藏的物件之中营造出某种和谐：按照他个人喜爱的顺序将其一一排列。同样地，每一座博物馆也都希望达到这样的效果。有时，参观者走进博物馆是为了增长见识，但更多的时候，是为了感受这种被还原的和谐感。

行文至此，我想借用艺术批评大家夏尔·波德莱尔（Charles Baudelaire）的几行诗句，将其用于描述自然的文字略作他解，套用于博物馆的展厅：

L'homme y passe à travers des forêts de symboles,
Qui l'observent avec des regards familiers.
Comme de longs échos qui de loin se confondent,
Dans une ténébreuse et profonde unité,
Vaste comme la nuit et comme la clarté,
Les parfums, les couleurs et les sons se répondent.

人们从刻满象征的森林径行，
树林望着他，投以熟稔的凝望。
正如悠长的回声遥遥地合并，
归入一个幽黑而渊深的和谐，
广大有如光明，浩漫有如黑夜，
香味，颜色和声音都互相呼应。

正因如此，本书的关注点与其说是“美”，不若说是“和谐”。一座博物馆呈现的，从来都不是一种笼统的美，一种试图说服对方的美，也不是一种放之四海而皆准的美。博物馆讲述的，是作品之间的和谐以及作品与孕育并接纳这些作品的社会之间的和谐。

那么，当今天的我们前往博物馆时，究竟是去寻找“真”，还是去寻找

“美”呢？

当我们前往博物馆时，我们是去寻找那些关乎我们身份的记忆和引述，而这些记忆和引述的价值绝不应该仅仅只是美丽的。在西方世界，“美”的概念曾在熠熠生辉的13世纪得到深入的探讨。在那些年里，罗马教廷与清洁派异端产生了纷争。清洁派坚信天国之门只对少数纯洁、高尚、完美的人开放，他们远离教廷引以为荣的富丽堂皇，对肉欲和“可怕的性交”带来的冲动更是唯恐避之不及，以至于主动进行绝育，以免将新的受害者交予撒旦。然而，13世纪是一个倚仗人口增长的历史时期，此时欧洲的人口密度之高，在经历了14世纪的黑死病之后，直到18世纪才再次恢复。当年的罗马教廷是鼓励人口增长的，因此清洁派遭到了教廷的镇压。教廷指出，真理不仅蕴于精神，也存在于实际的肉体：当基督降于人间的时

▼ 阿诺德·勃克林，《静海》（*Mare calmo*），1887年，木板坦培拉和防护漆，103cm×150cm，伯尔尼，伯尔尼美术馆

候，他被表现为一个受苦的人。在拜占庭帝国统治时期，“荣耀的基督”（Christus Triumphans）这一主题开始受到欢迎，二维画面上的基督愉悦地置身于十字架之上。后来，“痛苦的基督”（Christus Dolens）和“受难的基督”（Christus Patiens）主题相继出现，将基督表现为一个承受真实苦难的真实的人。这对各类艺术造成的影响是巨大的，君塔·皮萨诺（Giunta Pisano）为多明我会的信仰捍卫者绘制了“十字架上的基督”的全新标准形象。现代绘画语言应运而生，“富于表现力”取代了“美”。无论是乔托动人的画面表现，还是但丁的精神主旨，全都来自此次神学变革。

14世纪初，一位从阿雷佐前往亚维农，并登上旺图山去寻找“明澈、清凉而温柔的水”的美学家就这一道德论题展开了辩证思考。在那里，彼特拉克面对普罗旺斯令人赞叹的古迹遗存，他想，假如当年君士坦丁大帝不曾皈依基督教，那么人们还将生活在辉煌的古典世界里。彼特拉克若是在两个世纪之后说出这番话，那是会被立刻送上火刑柱的。他在古典世界里找到了美，开启了一条贯穿整个欧洲史的路径，这条路径朝着两个方向发展：一个方向是朝古典回归，彼特拉克被视为整个文艺复兴运动（以及后来所有的新古典主义风潮）的鼻祖；另一个方向则恰恰相反，致力于对表现力的追寻，这一特色体现于巴洛克艺术、浪漫主义，一直延续至弗朗西斯·培根的作品。

博物馆漫步

阿里巴巴一定深爱各种各样的财宝，才会将它们深藏于自己的洞穴之中，但他从没想过将这洞穴变成一座博物馆。柏拉图也有一座洞穴，但藏于其中的只有理念。这些理念与具体的现实相结合，便形成了世界。对于柏拉图而言，美无非化身为自身之镜的理念。正因如此，他的最后一位追随者普罗提诺（Plotino）认为惟妙惟肖的肖像画是不可能存在的，因为肖像画反映的并非理念，而是作为理念之镜的

▲ 彼得·保罗·鲁本斯和老扬·勃鲁盖尔，《五种感官》（*I cinque sensi*）之《视觉》（*La vista*），1617年，木板油画，65cm×109cm，马德里，普拉多博物馆

现实。柏拉图的老师是苏格拉底：此人不美，却善，与“美善合一”的理论格格不入。柏拉图曾有过这样的想法，要在雅典的一座优美的花园里教学，换言之，要让学生们聚在雅典的一片小树林里学习。这树林名为“Hekademia”（意为“学园”，拉丁文为Akademos，希腊文为Εκαδήμεια），它面朝一座户外广场，广场上矗立着缪斯女神的雕像。就这样，第一座“Mouseion”（意为“供奉缪斯女神的场所”，是“博物馆”一词的来源）在柏拉图学园的旁边诞生了。那是一处献给宙斯和掌管创造与记忆的女神谟涅摩叙涅（Mnemosine）所生之女的场所，供人享受，或展开智力思考。缪斯女神共有九位：克利俄（Clio）掌管历史和史诗，欧忒耳佩（Euterpe）专司抒情诗词，塔利亚（Thalia）笑脸盈盈且逗人发笑，墨尔波墨涅（Melpomene）的歌唱让人潸然泪下，忒耳普西科瑞（Terpsichore）负责翩然起舞，厄剌托（Erato）书写和朗读的诗篇激发情欲，波林尼亚（Polyhymnia）是哑剧女神，乌剌尼亚（Urania）研究星象，卡利俄佩（Calliope）用无尽的挽歌升华灵魂，却没有一位女神负责售卖画作和雕塑。她们都从事着今天被我们称为表演艺术的职业。就实质而言，缪斯女神掌管的都是脑力劳动。当今的人们所理解的各类艺术与“Mouseion”供奉的缪斯女神并无多大关联。

古希腊雕塑家普拉克西特列斯（Praxiteles）和画家阿佩莱斯（Apelles）的工作并不是去逢迎缪斯女神，而是另有其他。按照普林尼的说法，他们的时间是不容浪费的：早在那个年代，他们的作品售价就堪比如今大型拍卖会上拍出的价格，各个城邦常常为了购置他们的杰作而背负债务。塑形艺术一直被视作机械技艺——不仅靠脑力完成，也得靠手工操作。这一观点贯穿于整个中世纪，直到文艺复兴时期才得到改变。

在柏拉图的阿卡德米学园里，走出了一位名为亚里士多德的学生。亚里士多德带着他的逍遥派门徒徜徉漫步，荣幸地将亚历山大大帝收为自己的弟子。亚历山大大帝赞助了雕塑家留西波斯（Lysippos），并于公元前332年在埃及建造了亚历山大市。短短数年后，埃及托勒密王朝的君主们就建立了一座“Mouseion”。这一场所与雅典的露天“Mouseion”大相径庭，是一处与著名的图书馆类似的室内空间。就这样，第一座博物馆诞生了，学者们除了收集实物藏品，还在此进行科学研究，首次以极小的误差测定了地球的周长。

自那时起，博物馆就成了某种具有稳定特质的机构，一直延续至今：一座真正的博物馆致力于购置、收藏、研究和探寻。至于缪斯女神，博物馆也保留有她们的痕迹，因为她们的母亲——记忆女神谟涅摩叙涅——一直隐身于博物馆，并成为其发展的幕后推手。这便是在亚历山大市这座美丽的国际化城市里所发生的一切。

后来，地中海东部被罗马人征服了。罗马城拔地而起，那里原本是一片乡野；随后，农夫变成了士兵，将其领地扩张至台伯河沿岸。对于最早的古罗马人而言，为了保留记忆，只需修造祭祀宅神和灶神的小型祭坛便足够了。罗马人是务实且天真的。他们征服了希腊，却从没想过诗人贺拉斯在公元前1世纪写下的那番情景："被征服的希腊征服了野蛮的胜利者，将各类技艺传入了蛮荒的拉齐奥。"（Graecia capta ferum victorem cepit et artes intulit agresti Latio.）就在南征北战的那些年里，西塞罗也被卷入扩张的洪流：他扩建了自己位于福尔米亚的别墅的花园，在那里划出了一块露天场地，按照雅典的希腊模式建立了一座"Accademia"（即学园）。他投入了决心和财力，将这座学园填满了从希腊购入的雕塑。每逢战事凯旋，游行的战车满载着战利品开过，这些战利品随后被出售。于是，在这个被罗马百人队统领的半岛上也有了艺术品市场。不久以后，一个古董商的船只将在墨西拿海峡覆没，这也是为什么我们会在那里找到来自里亚切（Riace）的青铜器。

中世纪的人们对博物馆丝毫不感兴趣，但他们会将那一时代的精品收藏在当年的庙宇——主座教堂里。随后，我们亲爱的彼特拉克带来了全新的视角。古代文物再次成为主角，与幸存的古代典籍一道，成为古典风格的典范，备受15世纪各大宫廷的青睐。文物收藏与大大小小的王公贵族对奇珍异宝的个人兴趣是密切相关的。在罗马，莱昂·巴蒂斯塔·阿尔贝蒂（Leon Battista Alberti）于1432年成为来自威尼斯的教宗尤金四世〔Eugenio Ⅳ，本名孔杜尔梅尔（Condulmer）〕的亲信，后又被继任教宗尼古拉五世委以重任，去修复古罗马时期的引水渠。于是，他挖地三尺，不仅让自来水重新流动，还让大量文物与水流一起重见天日。当年的威尼斯是贸易之乡，仅凭来自君士坦丁堡的各类战利品就已相当繁华富庶。在圣马可圣殿主教座堂的穹顶上，矗立着古罗马时期的马匹雕塑，在主教座堂装饰着正义女神像，还存有古罗马“四帝共治”雕像。那一时期的威尼斯兴起了私人收藏的风潮，以拜占庭主教巴西里奥·贝萨里翁（Basilio Bessarione）最具代表性。此人在弥留之际将他不可胜数的藏书捐给了正在兴建的圣马可图书馆。在同一时期的佛罗伦萨，科西莫·德·美第奇（Cosimo de’ medici）用陷入穷困的匈牙利君王的藏书充实了由波焦·布拉乔利尼（Poggio Bracciolini）及其同伴置办的文库。当美第奇家族投资兴修洛伦佐宫时，洛伦佐图书馆也就应运而生了。米兰的情形丝毫没有落后，针对维斯孔蒂（Visconti）家族购入的丰富的勃艮第手稿，斯福尔扎（Sforza）家族进行了补充。一个世纪以后，美第奇家族的弗朗切斯科一世（Francesco I）公爵于1575年在佛罗伦萨向公众部分开放了乌菲齐美术馆的藏品。如此，埃及亚历山大市的公共博物馆终于从尼罗河来到了阿尔诺河，并将继续前行，在台伯河、塞纳河和泰晤士河沿岸落脚。

1	2
3	4

（图1）弗朗兹·萨维尔·梅塞施密特，《刻意造作的弄臣》（*Buffone intenzionale*），为《个性头像》（*Teste di carattere*）系列作品之一，1770年，带有轻微灰色斑痕的雪花石膏，高42cm，维也纳，奥地利美景宫博物馆

（图2）亨利·摩尔，《头盔头》（*Testa elmo*）n. 2，1950年，威尼斯，佩萨罗宫国际现代艺术美术馆

（图3）古埃及艺术，来自阿玛纳，《娜芙蒂蒂胸像》（*Busto della regina Nefertiti*），新王国（第十八王朝），以石灰石为支撑材料、灰泥为基底的彩绘，高50cm，柏林，埃及博物馆

（图4）古罗马艺术，《庞培肖像》（*Ritratto di Pompeo*），公元前55年，大理石，哥本哈根，新嘉士伯美术馆

HENRY MOORE
TESTA CON ELMETTO

597
POMPEJUS MAGNUS
d. 48 f. Kr.

目录

TEMPLA DOMVM EXPOSITIS: VICOS FORA MOENIA PONTES:
VIRGINEAM TRIVII QVOD REPARARIS AQVAM.
PRISCA LICET NAVTIS STATVAS DARE COMMODA PORTVS:
ET VATICANVM CINGERE SIXTE IVGVM:
PLVS TAMEN VRBS DEBET: NAM QVAE SQVALORE LATEBAT:
CERNITVR IN CELEBRI BIBLIOTHECA LOCO.

梵蒂冈博物馆（罗马）

——教宗们的博物馆之城

说到被世人称为梵蒂冈博物馆的那座博物馆集群，其形成过程是相当漫长的：它的历史和罗马与教宗的历史密不可分。

众所周知，教宗居住于罗马，是这座城市的主教。但教宗和梵蒂冈之间的关系恐怕鲜有人知。在基督教兴起的最初几个世纪里，即使教宗没有因城市动荡或政局变革而被迫离开罗马，其办公地和居住地也曾在这座“永恒之城”附近的十余处宫殿和别墅间游移。第一处稳定的地址肯定是在拉特兰圣若望大殿。这座大殿是由君士坦丁大帝赠予的，位于他的第二任妻子法乌斯塔（Fausta）——在高温浴室里窒息而死——拥有的领地之上。除此以外，教宗还曾下榻多处城内的宫殿和城外的别墅。至于圣伯多禄圣殿，它是在中世纪的动荡时期才成为教廷所在地的，因为它位于城市的边缘地带，先前曾是尼禄竞技场的所在地，也是罗马教廷第一位教宗的安葬之所。

◀ 美洛佐·达·弗利，《西斯克特四世任命巴托罗梅奥·普拉蒂纳为梵蒂冈图书馆馆长》（*Sisto IV nomina Bartolomeo Palatina prefetto della Biblioteca Vaticna*），局部，约1477年，被剥离并移至布面的湿壁画，370cm × 315cm，梵蒂冈城，梵蒂冈博物馆

▲ 加斯帕·亚德里亚恩松·范·维特尔，《罗马景象：从圣天使堡和圣天使桥看向圣伯多禄圣殿》（*Veduta di Roma con Castel Sant' Angelo e Ponte Sant' Angelo verso la Basilica di San Pietro*），1689年，布面油画，28cm×44cm，阿雅克肖，费斯宫美术馆

1277年，乔瓦尼·加埃塔诺·奥尔西尼（Giovanni Gaetano Orsini）当选教宗。他的母亲是佩尔娜·加埃塔尼（Perna Gaetani）。早在年轻时担任主教期间，奥尔西尼就曾陪同时任教宗英诺森四世（Innocenzo Ⅳ）逃往里昂。那时，德意志国王、神圣罗马帝国皇帝腓特烈二世（Federico Ⅱ）遭到绝罚[1]，教廷和帝国之间的冲突达到了白热化的程度，“圣路易”[2]的王国能提供相对安全的保

[1] 绝罚，罗马教廷对神职人员和教徒的一种处罚，即开除教籍。——编者注

[2] 法国国王路易九世的别称。——译者注（下文不再特殊标注的均为译者注）

障。奥尔西尼当选后称尼古拉三世，其时，罗马的情况也不安宁，他决定将大本营设在圣伯多禄圣殿，因为这座圣殿有一条密道，与他所在家族的堡垒——圣天使堡相连。在奥尔西尼就任教宗前，若望二十一世（Giovanni XXI）是教宗。此人出生于里斯本，曾在巴黎索邦大学担任教授，自从在维泰博（Viterbo）秘密会议上当选教宗后，就从没在混乱动荡的罗马过上安稳的日子。这位来自葡萄牙的教宗认为维泰博比罗马更安全，所以总是定期前往那里。然而，厄运却在维泰博降临了：1277年春的一个夜晚，一块天花板砸在了他的身上，夺走了他的性命。因此，尼古拉三世将梵蒂冈作为教廷所在地的选择是相当稳妥的，包括圣天使堡后来也曾发挥作用：15世纪末，当法王查理八世率领的法军入侵，教宗亚历山大六世曾在那里藏身；不久后的1527年，德意志雇佣兵洗劫了罗马，其间，教宗克雷芒七世也曾在城堡里避难。教廷将梵蒂冈确定为自身所在地的最终决策得到了人文主义者洛伦佐·瓦拉（Lorenzo Valla）的巧妙支持。瓦拉以语言学家和文学家的身份表明，所谓的《君士坦丁赠礼》（*Donazione di Costantino*）——根据那份文献，君士坦丁大帝曾于315年将世俗统治权奉与教廷，并宣称拉特兰圣若望大殿所在的教廷作为“领袖”对世界各地的所有教会拥有主权——其实是一份伪造于8世纪或9世纪的假文献。[1]自梵蒂冈成为教廷所在地后，便有了题为“致全城与致全球”（Urbi et Orbi）的文告。其实，早在但丁前往罗马参观拉特兰圣若望大殿时，他就已经预料到类似的问题：

> 君士坦丁大帝呀，罪不在你皈依基督信仰，
> 而在于富有的神父取你赠之财产，
> 那财产是多少罪恶之根源！

[1] 瓦拉指出，既然《君士坦丁赠礼》是一份伪造的文献，那么教廷对原先所在的拉特兰圣若望大殿自然不具备合法主权。这便为教廷将梵蒂冈确立为新的所在地提供了理论支持。

▲ 梵蒂冈博物馆，从地图廊通往挂毯廊的一段通道的透视照片

ITALIA NOVA

除了瓦拉，库萨的尼古拉（Nicola Cusano）也曾对《君士坦丁赠礼》进行过有策略地辨伪。既然该文献被证明是伪造的，来自威尼斯的教宗尤金四世便有了充分的理由，得以将教廷的机构及其所在地迁至古老的圣伯多禄圣殿和附近的楼宇中，并开始对其进行装修。他委托菲拉雷特（Filarete）修造教堂的青铜大门，又让修士安杰利科（Beato Angelico）绘制了一系列湿壁画，只可惜这些画作后来都损毁了。

就这样，梵蒂冈被载入了史册：早在人类纪元的黎明阶段，罗马学者马库斯·泰伦提乌斯·瓦罗（Marcus Terentius Varro）就曾提到过此处。瓦罗认为这里是“vaticinium”（意为“预言者”）之地——在这里，预言者和占卜者通过观察飞鸟来预卜古罗马人的吉凶。

随着欣欣向荣的文艺复兴拉开帷幕，梵蒂冈的各处宫殿及圣伯多禄圣殿开始加速改换新颜。当年的罗马还是一座古代遗迹遍布的大城，中世纪由各大家族争相兴建的高塔依然鳞次栉比。一个半世纪以后，这番风貌将发生彻底的变化，整座城市都将被卷入梵蒂冈的建设大潮。出身于洛维雷（Rovere）家族的教宗西斯克特四世（Sisto Ⅳ della Rovere）授意修造了西斯廷教堂：佛罗伦萨人巴乔·庞泰利（Baccio Pontelli）担任设计，另外一位佛罗伦萨人乔瓦尼诺·德·多尔齐（Giovannino de' Dolci）主持施工。1478年，帕齐（Pazzi）家族的阴谋发生后，为了修复美第奇僭主政权和教廷之间的关系，教宗将一众湿壁画顶级大师从佛罗伦萨召至罗马，开始绘制第一组壁画。参与其中的大师有桑德罗·波提切利（Sandro Botticelli）、吉兰达约（Domenico Ghirlandaio）和科西莫·罗塞利（Cosimo Rosselli）；随他们而来的，还有年轻的助手宾杜里乔（Bernardino Pinturicchio）、巴托罗梅奥·德·加塔（Bartolomeo della Gatta）和神秘的皮耶罗·迪·科西莫（Piero di Cosimo）。罗马变成了一座文艺复兴之城。随着16世纪的到来，圣天使堡变得越发优雅而美丽：此时，西斯克特四世的侄子——洛维雷家族的尤里乌二世（Giulio Ⅱ della Rovere）已经坐上了教宗的宝座。这位新任教宗曾接受过方济各会的严格训练（他的伯父曾任该修会的总会长），得益于伯父的举荐，他在27岁时就担任主教一职，很快又被提拔为枢机主教。尤里乌二世是个性情中人，既是教廷人士，也是尚武之人。他一方面骑马提刀，另一方面凭借同样的果决执掌教廷。罗马教廷就此成了一个强大的国家，具备其所有必要的特质，包括艺术上的繁盛。

▼ 梵蒂冈博物馆的某处廊道

▲ 梵蒂冈博物馆，西斯廷教堂

瞧，这位新任教宗将一位相当知书达理的年轻人召到了他的办公地点：他就是拉斐尔——乌尔比诺宫廷文人和画师乔瓦尼·桑蒂（Giovanni Santi）的儿子。作为声名鹊起的杰出画家，拉斐尔以“教廷敕书撰写人”的身份来到了梵蒂冈。用今天的话说，那时的拉斐尔已不再是一个技艺高超的画匠，而是功成名就的文人。若不是英年早逝，拉斐尔的成就原本是不可限量的。他的创作体现出两种面向：一方面恪守本分，传承古罗马的文化；另一方面则用他的画作装点签字厅——教宗签署文件的地方。那时，索多玛（Sodoma）和布拉曼提诺（Bramantino）是他扮演上述双重角色的得力助手；米开朗琪罗则已投身于西斯廷教堂的杰作。毫无疑问，正是这样一种双重面向催生了梵蒂冈的双重体系：创作和收藏并驾齐驱，成了一处荣耀的所在。

我们今天见到的梵蒂冈博物馆就是这样一个地方：藏品，建筑，那些变化中的、新创作的和被寻回的作品，还有那精美的墙面装饰……几百年来，所有这一切形成了一个“统一体”。在它形成的过程中，18世纪的一系列改造起到多么大的作用！当教宗庇护七世（Pio Ⅶ）决定让安东尼奥·卡诺瓦（Antonio Canova）担当梵蒂冈的建筑师，并委托他整饬后来被命名为贾拉蒙特博物馆的那一侧建筑时，他是多么具有先见之明！后来，贾拉蒙特博物馆里收藏了大量铭文、棺椁和其他饰品。此外，教廷宫殿助理建筑师乔瓦尼·斯特恩（Giovanni Stern）的儿子——拉法埃莱·斯特恩（Raffaele Stern）也作出了进一步的贡献。

有时，表面的厄运之下是藏有全新的契机的：1870年，庇亚（Pia）城门的那道裂缝让教廷丧失了对罗马的统治，也丢弃了那座能够呼吸到宜人西风、而非台伯河恶臭的奎里纳尔宫[1]。不过，正是这样的厄运促使教廷将宫中的饰品和藏品彻底转运至梵蒂冈，进一步丰富了梵蒂冈博物馆的馆藏。慢慢地，梵蒂冈博物馆就具有了今天这样举世闻名的风貌。

[1] 指教皇国领土并入意大利后，教宗退居梵蒂冈。

▲ 古罗马艺术，《拉奥孔》（*Laocoonte*），公元前40—前30年，大理石，梵蒂冈城，梵蒂冈博物馆，庇护-克雷芒博物馆

游览指南

石头动物园

古代罗马宫廷雕塑无疑是呈现给参观者的最为珍贵的展品。古罗马人复制的古希腊雕塑甚至是我们在评判菲迪亚斯和普拉克西特列斯的技艺，或是在重温古罗马皇帝对他们的赞誉时可以参考的唯一依据。不过，在诸多侧厅的展品之中，有一个应参观者要求才开放的特殊部分格外值得关注。那里陈列着一系列以动物世界为主题（这一主题非常受我们的祖先青睐）的古代小型雕塑。阿瓦尔·冈萨雷斯–帕拉西奥斯（Alvar González-Palacios）在他的《石头动物园》（*Il serraglio di pietra*）里以优雅高贵的笔触写道："所谓的'动物厅'对19世纪欧洲资产阶级风格的小型雕塑产生的影响丝毫不亚于古典艺术对文艺复兴时期艺术创作所产生的影响。"该系列的收藏要归功于来自甘加内利（Ganganelli）家族的教宗克雷芒十四世（Clemente XIV）的启蒙主义情怀。这位出生在罗马的教宗曾将耶稣会的总会长囚禁于圣天使堡，但他的功绩在于促成了博物馆的诞生——一种对外向公众开放，并展出其考古收藏的机构。数年后，来自布拉斯基（Braschi）家族的教宗庇护六世（Pio VI）又对这一机构进行了补充和整理。甘加内利选择用"克雷芒"作为自己的称号，以此向克雷芒十一世（Clemente XI）致敬，这并非没有可能。在启蒙运动发生的那个世纪之初，克雷芒十一世曾在博洛尼亚将既有的各类学园整合为著名的克雷芒学院（Accademia Clementina）；后来，另一位来自博洛尼亚兰贝尔蒂尼（Lambertini）家族的教宗本笃十四世（Benedetto XIV）在他所营造的"兰贝尔蒂尼繁荣年代"期间又让这一机构进一步站稳脚跟。古罗马文化遗产的命运与好几位以“克雷芒”作为称号的教宗息息相关：除了上文中提到的克雷芒十一世和克雷芒十四世，当洛伦佐·科尔西尼（Lorenzo Corsini）当选为教宗克雷芒十二世（Clemente Ⅻ）时，他授意修复了君士坦丁凯旋门，又打造了特莱维喷泉；不应被遗忘的还有来自雷佐尼科（Rezzonico）家族的教宗——克雷芒十三世（Clemente XⅢ），为其作肖像的安东·拉斐尔·门斯（Anton Raphael Mengs）不仅是一位画家，也是一位优秀的古董商人，还是贾科莫·卡萨诺瓦（Giacomo Casanova）的弟弟弗朗切斯科·卡萨诺瓦（Francesco Casanova）的朋友。

▲ 古罗马艺术，《袭击山羊的豹》（*Pantera che assale una capra*），由弗朗切斯科·安东尼奥·弗朗佐尼在18世纪修补完成的古罗马雕塑残迹，大理石，梵蒂冈城，梵蒂冈博物馆，庇护–克雷芒博物馆，动物厅

◀ 古罗马艺术，《啃咬公牛的熊》（*Orso che morde un toro*），由弗朗切斯科·安东尼奥·弗朗佐尼在18世纪修补完成的古罗马雕塑残迹，大理石，梵蒂冈城，梵蒂冈博物馆，庇护–克雷芒博物馆，动物厅

博尔盖塞博物馆（罗马）
——“侄子枢机”[1]的别墅

博尔盖塞博物馆位于罗马，其建筑、花园和精美的藏品都与同名家族的百年历史有着直接的关联。该博物馆由枢机主教希皮奥内·卡法雷利·博尔盖塞（Scipione Caffarelli Borghese，1577—1633年）授意修建。希皮奥内的父亲是古罗马卡法雷利家族的后裔弗朗切斯科，母亲奥腾西亚·博尔盖塞（Ortensia Borghese）是教宗保罗五世（Paolo V）——本名卡米洛·博尔盖塞（Camillo Borghese）——的妹妹。1605年，当舅父被选为教宗时，希皮奥内28岁。两年前，当舅父还只是枢机主教的时候，他就已在舅父的关照下开始从米兰的圣彼得罗阿劳尔莫（San Pietro all'Olmo）修院领取教士俸禄。1605年5月16日，卡米洛·博尔盖塞当选

[1] 侄子枢机，中世纪的一种枢机任命惯例，指以教宗侄子或外甥及类似亲戚关系而被任命为枢机者。

◀ 吉安·洛伦佐·贝尼尼，《枢机主教希皮奥内·卡法雷利·博尔盖塞胸像》（*Busto del cardinale Scipione Borghese*），1632年，大理石，高77.2cm，罗马，博尔盖塞博物馆

教宗，同年7月18日，希皮奥内就被提拔为枢机主教，开始了作为“侄子枢机”的仕途，直至舅父于1621年去世。后来，他成了教廷宗教和文化生活的主角，而教廷则成了方兴未艾的巴洛克艺术的主角。

经历过“阿维尼翁之囚”以后，教廷开始巩固其政权，“侄子枢机”起到了相当重要的政治作用，在辉煌的文艺复兴时期更是处于教廷政权的核心。自肇始之日起，教廷的政权组织就与当今美国的新任总统开始履职时所实行的“政党分赃制”（spoils system）有着异曲同工之妙：上届政府的所有高级官员都会被效忠于新任领袖的新一届官员悉数替换。教廷实行的也是这种彻底的更换制度，以便让新任教宗感到安全：在充满怀疑和不信任的教廷宫殿里，新任教宗对熟悉的亲属委以要职，以巩固其领导地位，是一种很自然的现象。与教宗亲近的家族能够从教宗的资源中获取利益，也只有他们能够为教宗提供保障。正因如此，在那些年里，“侄子枢机”甚至担负着一种特定的使命：担任内政部要职。

身为教宗的侄子或外甥，还有可能走上一条捷径，实现有朝一日继承伯（叔）父或舅父之位的野心。枢机主教阿方索·德·波尔吉亚（Alfonso de Borja）便是一个例子。他是西班牙人，原本身份卑微，后来有幸成为阿拉贡王朝的国王阿方索五世（Alfonso V d’Aragona）的心腹，代表西班牙参选教宗，并最终当选，称号为卡利斯托三世（Callisto Ⅲ），于1455年至1458年在任。后来，他妹妹伊莎贝尔（Isabel）的儿子罗德里戈·德·波尔吉亚（Rodrigo de Borja）去学习神学，继而成了那位颇具争议的教宗亚历山大六世，于1492年至1503年在任。后来上位的尤里乌二世走的也是同一条路。他出生于萨沃纳的洛维雷家族，家境普通，却有幸见证方济各会会长的叔父于1471年当选为教宗西斯克特四世，并辅助其修建西斯廷教堂，在1503年至1513年自己担任教宗期间，他终于完成了这座礼拜堂的工程。

“侄子枢机”还有第二项重要的职能：将教宗的家族变成世袭贵族。教宗一旦去世，便会选出另一位教宗，而其尚在人世的“侄子枢机”遂承担了让家族势力延续的重任。这并非易事。1621年至1623年，亚历山大·卢多维希（Alessandro Ludovisi）短暂地出任教宗格列高利十五世（Gregorio XV），在此期间，希皮奥内作为圣伯多禄圣殿的总司铎过着相当平静的生活。然而，他的人生巅峰却是在巴尔贝里尼（Barberini）于1623年至1644年担任教宗乌尔班八世（Urbano Ⅷ）这段时期。在二十年任期里，乌尔班八世致力于用巴洛克艺术装扮罗马城和教廷。受到重用的吉安·洛伦佐·贝尼尼（Gian Lorenzo Bernini）十分感念希皮奥内的恩惠，两度为他打造精美的肖像雕塑，因为第一尊雕塑上有一处微小却不优雅的大理石纹。

此时的罗马是整个欧洲习惯、方式和风尚变革的推动者，而希皮奥内·卡法雷利·博尔盖塞则是这一时期的主角。1585年至1590年，严肃的教宗西斯托五世（Sisto Ⅴ）推行罗马城市规划改革，希皮奥内有幸在这一过程中收集了大量出土的雕塑，随后决定在城外修建一所休闲别墅。别墅所在的土地原本就属于博尔盖塞家族，皮耶特罗·贝尼尼（Pietro Bernini，雕塑家贝尼尼的父亲）担纲建筑施工，此

◀ 吉安·洛伦佐·贝尼尼，《从马背上纵身跃入古代广场地缝以拯救罗马人民的马尔库斯·库尔提乌斯》（*Marco Curzio a cavallo si getta nella voragine del Foro per salvare il popolo romano*），1618年，大理石，由贝尼尼添补的古罗马浮雕（1—2世纪），罗马，博尔盖塞博物馆

外，他还提供了不少装饰建议，得到了以收藏为目的的别墅主人的赞赏。正是他建议希皮奥内将那件出土的马匹高浮雕轻微地改变角度，使马匹朝下跃，并在马背上增添了神话英雄马尔库斯·库尔提乌斯（Marcus Curtius）的形象，将作品改造成了一座献给这位英雄的纪念碑——他曾飞身一跃，英勇地跳入地缝，拯救了罗马。这件被旋转的高浮雕是新兴的巴洛克艺术的最初信号。别墅的周围还设有一系列“秘密”花园，不对公众开放，仅供别墅主人静思；另一些花园则欢迎参观者光临。

这座别墅成了山丘上的一处桃源，晚风拂面，参观者在此漫步，欣赏这位神职人员收藏的古代雕塑作品。只要获得主人的许可，那时的文人和好奇者已经被允许进入此地参观了。就这样，这所别墅就成了罗马第一座对公众开放的博物馆。同期开放的另一处博物馆是由另一位蓄着精美八字胡的枢机主教费德里科·博罗梅奥（Federico Borromeo）在米兰创办的。学者们可以在那座博物馆里查阅主人的藏书，也可欣赏他收藏的艺术品，那便是如今的安布罗西亚纳图书馆。

博尔盖塞别墅的初始建筑方案是相当简单的：基本原封不动地照搬了法尔内西纳别墅的布局。法尔内西纳别墅位于台伯河畔，是一个世纪前为锡耶纳银行家阿戈斯蒂诺·基吉（Agostino Chigi）修建的，其设计方案来自顶级建筑师巴尔达萨雷·佩鲁齐（Baldassarre Peruzzi）。因此，博尔盖塞别墅的设计者并不知名。两幢别墅之间的差异仅有一处：博尔盖塞别墅的二层有一个马蹄形平台，连通了楼宇的两侧。别墅的装饰呈现出当时的风格：墙面上覆盖有华丽的皮革。这些装饰后来消失了，但在贝尼尼于1664年为基吉家族（该家族有幸将亚历山大七世送上了教廷的最高宝座，于1655年至1667年担任教宗）在阿里恰设计的一幢大型别墅里还保留了一处典型的同类装饰。希皮奥内·卡法雷利·博尔盖塞不是无所事事之辈。他的教宗舅父已经下榻于新建的奎里纳尔宫，该建筑始建于数年前，因为时任教宗——来自博洛尼亚的邦孔帕尼（Boncompagni）家族的格列高利十三世（Gregorio XIII，1572—1585年在位）渴望呼吸那里的宜人空气。1611年至1616年，教廷让负责奎里纳尔宫改造工程的建筑师乔尔乔·瓦桑齐奥（Giorgio Vasanzio）和卡洛·马德尔诺（Carlo Maderno）开始修建一座宏伟的宅邸——如今

▲ 约翰·威廉·鲍尔，《博尔盖塞别墅正立面》（*Prospetto di Villa Borghese*），1636年，以羊皮纸为支撑材料的坦培拉和水彩画，30cm×45cm，罗马，博尔盖塞博物馆

▼ 罗马，法尔内西纳别墅，普赛克（Psiche）敞廊一侧的外景

的帕拉维奇尼–罗斯皮利奥斯宫，并在那座宅邸的花园尽头打造了一处小型的休闲居所，居所内部装饰有圭多·雷尼（Guido Reni）绘制的湿壁画《让曙光初现的太阳战车》（*Carro del Sole che fa sorgere l'Aurora*）。为了完成这一系列恢宏之作，教廷又委托安东尼奥·坦佩斯塔（Antonio Tempesta）进行装饰，并让弗拉芒画家保罗·布里尔（Paul Brill）绘制了湿壁画《四季》（*Quattro stagioni*）。早在其辉煌的仕途起步之初，希皮奥内·卡法雷利·博尔盖塞就开始筹划一系列不动产的购置事宜。事实上，他的舅父刚一当选，也就是他本人刚刚得到舅父任命的时候，他就前往罗马城物色，从枢机主教佩德罗·德·德扎·曼努埃尔（Pedro de Deza Manuel）手中购入了一处大型建筑。那处房产是四十年前由维尼奥拉（Vignola）负责修建的，后来又在老马尔蒂诺·隆吉（Martino Longhi il Vecchio）的主持下被扩建，老马尔蒂诺·隆吉是即将兴起的巴洛克艺术风潮中最初的几位实验派建筑师之一。如今，这处建筑被命名为博尔盖塞宫，是罗马最负盛名的名胜之一：当年，希皮奥内委托来自伦巴第阿尔卑斯山区的弗拉米尼奥·蓬齐奥（Flaminio Ponzio）和提契诺人卡洛·马德尔诺对此处建筑进行扩建。其中，卡洛·马德尔诺同时也和另一个提契诺人多梅尼科·丰塔纳（Domenico Fontana）在负责奎里纳尔宫的扩建工程，并与多梅尼科的兄弟乔瓦尼·丰塔纳（Giovanni Fontana，这个姓氏意为"喷泉"，恰好与他所做的工作吻合）合作打造精美的费利切水道喷泉。喷泉中的雕塑《梅瑟》（*Mosé*）出自布雷西亚人普罗斯佩罗·安蒂基（Prospero Antichi）之手。就在罗马城的那一角，（为了纪念希皮奥内的舅父）一座著名的圣保禄教堂即将拔地而起，几年之后它将被重新命名为胜利之后圣母堂，来纪念三十年战争中的一场关键战役——白山战役。教堂的正立面刻有如下铭文"SCIPIO · S · R · E PRESB CARD BVRGHESIVS M · POENITEN A · D · MDCXXVI"[1]。该教堂的外立面设计者是乔瓦尼·巴蒂斯塔·索里亚（Giovanni Battista Soria），他是米兰人乔瓦尼·巴蒂斯塔·蒙塔诺（Giovanni Battista Montano）的学生。蒙塔诺不仅是杰出的

[1] 拉丁文，意为"神圣罗马教堂之司铎级枢机主教希皮奥内·卡法雷利·博尔盖塞，使徒赎免最高法庭，公元1626年"。

建筑师，还是十分缜密的建筑理论学家和古典文化的研究者。当年，从伦巴第地区走出了一批具有创新意识的建筑师，他们正在改变罗马城的审美品位。罗马之所以会从文艺复兴时期的古典范式走向巴洛克风格，在很大程度上应归功于这批建筑师。其中，米兰那座有着弧形外墙的塞纳托宫就是最初的几个例证之一。参与设计这座建筑的既有法比奥·曼格尼（Fabio Mangone）——米兰大教堂的建筑师，也有弗朗切斯科·玛利亚·里奇尼（Francesco Maria Richini）。早在1603年，提契诺人卡洛·马德尔诺就已南下罗马，他被教宗保罗五世任命为教廷建筑师，并为圣伯多禄圣殿设计了极具古典韵味的外立面，其风格可被视为当时的新古典之风。圣伯多禄圣殿的外墙上刻有如下铭文："IN HONOREM PRINCIPIS APOST PAULUS V BURGHESIUS ROMANUS PONT MAX AN MDCXII PONT VII" [1]。通过教堂的铭文，这对舅父和外甥让自己的美名流芳百世。

关于不动产的问题，博尔盖塞家族早有考虑。16世纪末期，年轻的希皮奥内就已买下了罗马城中心的宏大宫殿。因此，博尔盖塞宫是家族的正式居所，也是希皮奥内用来存储画作的场地；而博尔盖塞别墅里收藏的则是古代雕塑。他采取了一系列与现代道德标准并不太相符的手段：他与当年最受追捧的画家阿尔皮诺骑士（Cavalier d'Arpino）讨价还价；怂恿他的教宗舅父将拉斐尔的《基督被解下十字架》（*Trasporto di Cristo*）从普拉托的圣方济各堂挪出，转运至佩鲁贾，称原先那处教堂不够安全；1617年，他威胁性情脆弱的多梅尼基诺（Domenichino）的生命安全，（传闻）将他关了两夜，逼他将那幅《狩猎的狄安娜》（*La caccia di Diana*）转卖给自己——那幅画原先是由枢机主教阿尔多布兰迪尼（Aldobrandini）为弗拉斯卡蒂别墅订购的：前任教宗克雷芒八世（Clemente Ⅷ）的"侄子枢机"只好对这位当权教宗的"侄子枢机"忍气吞声。1606年，卡拉瓦乔因一局老式网球赛与人起了争执，犯下了谋杀罪，希皮奥内作为教廷的政治领导人，却没有宽恕卡拉瓦乔，而是趁机以低价购入了他的许多画作。在这一系列过程中，希皮奥内的收

[1] 拉丁文，意为"向众教徒之首、教宗保罗五世致敬，1612年，保罗纪年第七年"。

▲ 多梅尼基诺（多梅尼科·扎姆皮耶里），《狩猎的狄安娜》（*La caccia di Diana*），1616—1617年，布面油画，225cm×320cm，罗马，博尔盖塞美术馆

藏日渐丰富。作为现代收藏家的典范，这位枢机主教购入的作品既有与他同时代的画作，也有被视为古董的作品，如提香的《神圣之爱与世俗之爱》（*Amor Sacro e Amor Profano*）。

随着时光的流逝，这座别墅也追随潮流不断变化。博尔盖塞家族的马尔坎托尼奥四世（Marcantonio Ⅳ Borghese）在位期间，建筑师安东尼奥·阿斯普鲁齐（Antonio Asprucci）用18世纪第二波新古典主义浪潮所推崇的大理石墙面替换了原先西班牙风格的皮革墙面。除此之外，安东尼奥·阿斯普鲁齐还装饰了一间埃及风格的大厅，又在公园的湖面上建起了一座小型希腊神庙。两个世纪以后，这座神庙将一次又一次疯狂地出现于乔治·德·基里科（Giorgio de Chirico）的许多画作之中。当马尔坎托尼奥四世决定用这一场所来举办民间节庆活动时，他预

▲ 安东尼奥·阿斯普鲁齐和马里奥·阿斯普鲁齐，阿斯克勒庇俄斯神庙，1786年，罗马，博尔盖塞别墅

想到了未来观众的数量，并设想出一处类似于锡耶纳田野广场的场地，用来铭记各大家族的起源。进入19世纪后，灾难降临了：亲法的革命党人卡米洛·博尔盖塞（Camillo Borghese）前往巴黎，迎娶了拿破仑的妹妹宝琳娜·波拿巴（Paolina Bonaparte）。在拿破仑的怂恿下，卡米洛·博尔盖塞将别墅中的300余件古代雕塑卖给了兴建中的卢浮宫。在贝尼尼去世的两个世纪后，卡诺瓦来到博尔盖塞别墅为卡米洛不安分的妻子创作塑像。整幢建筑的风格再度发生变化，因为许多原本位于城中博尔盖塞宫的画作被转移到了此处。别墅的建筑增多，多处花园也随之改变。后来，当罗马被合并入意大利王国，这处别墅就立刻被罗马市政府收购了。不久以后，根据一份委托遗赠文书，别墅中的所有艺术藏品被原封不动地保存下来，并被移交至政府手中。

▲ 《博尔盖塞别墅入口》（*Ingresso di Villa Borghese*），局部，18世纪，布面油画，罗马，罗马博物馆，布拉斯奇宫

博尔盖塞家族执掌教廷的那段时期给罗马城的日常生活带来了实质性的改变。再度寻回的安全感和得到保障的宁静生活对男性时尚产生了奇妙的影响：男人们——无论是枢机主教还是艺术家——都重新格外重视起自己的外貌造型，优雅地留起了络腮胡或山羊胡。

游览指南

大理石中的大理石

被博尔盖塞别墅的最终建筑形态所吸引的参观者一定要仔细观看墙面和地面的彩色大理石，并会自然地将其与用于雕刻的白色大理石——如贝尼尼的一系列杰作——相比较。当观者看到普鲁托（Plutone）的手指陷入用卡拉拉的大理石凿出的普罗塞庇娜的皮肉时，会感到那仿佛不是一场劫持，而是一场飞旋的舞蹈。

▼ 博尔盖塞博物馆，第四大厅

相比之下，卧在罗马榻上的别墅女主人就显得端庄得多。宝琳娜·波拿巴生性活泼，却在卡诺瓦为其塑像之时摆出了严肃的造型。观者一定会注意到巴洛克艺术与新古典主义艺术之间的差别：前者追求灵动，后者注重形式。然而，两种风格的融合会让观者不禁自问：那尊古罗马的《沉睡的赫马佛洛狄忒斯》中的主人公究竟属于何种阶层？她竟有权躺在一张柔软得好比被劫持少女之臂的床垫上，而宝琳娜·波拿巴的床垫却硬得难以折叠。即使是最不起眼的家具，也能传递如此多的信息！

▲ 安东尼奥·卡诺瓦，《作为凯旋的维纳斯的宝琳娜·波拿巴》（*Paolina Borghese Bonaparte come Venere vincitrice*），1805—1808年，大理石，高92cm，床垫长160cm，罗马，博尔盖塞博物馆

◀ 吉安·洛伦佐·贝尼尼，《被劫持的普罗塞庇娜》（*Ratto di Proserpina*），1621—1622年，大理石，罗马，博尔盖塞博物馆

▲ 古罗马艺术，《沉睡的赫马佛洛狄忒斯》（*Ermafrodita dormiente*），公元前150年，大理石，罗马，博尔盖塞博物馆

乌菲齐美术馆（佛罗伦萨）
——博物馆的鼻祖

不可否认，科西莫一世（Cosimo I）是一个有魄力的性情中人，他在佛罗伦萨相当艰难的政治生活中纵横捭阖，在这个已由共和制过渡至君主制的城市国家里成为首位真正意义上的君主。1519年，他出生于美第奇世族的一个旁系家族，星座为双子座。他的父亲“黑条”乔瓦尼（Giovanni dalle Bande Nere）是最后一位雇佣军将领。他的祖父是人称“平民”的乔瓦尼·德·美第奇（Giovanni de' Medici）；他的祖母卡特里娜·斯福尔扎（Caterina Sforza）是弗利和伊莫拉的好战领主，曾大刀阔斧地抵制人称“瓦伦蒂诺”（Valentino）公爵的切萨雷·波尔吉亚（Cesare Borgia）的霸权野心。“黑条”乔瓦尼起初被命名为卢多维科（Ludovico），以便向他的舅父，人称“摩尔人”的米兰公爵卢多维科·斯福尔扎（Ludovico Sforza）致敬。“黑条”乔瓦尼曾接受腿部截肢手术，后来死于术后的坏疽。勇敢的

◀ 阿纽洛·布龙齐诺，《潘恰基蒂神圣家族》（*Sacra famiglia Panciatichi*）之《从埃及返回》（*Il ritorno dall'Egitto*），约1540年，木板坦培拉，117cm×93cm，佛罗伦萨，乌菲齐美术馆

皮耶特罗·阿雷蒂诺（Pietro Aretino）是那场手术的目击者。2001年，意大利导演埃曼诺·奥尔米（Ermanno Olmi）以一部堪称大师之作的影片《武者的职业》（*Il mestiere delle Armi*）向其献礼。科西莫一世的母亲是卢克雷齐娅·德·美第奇（Lucrezia de' Medici）与雅各布·萨尔维亚蒂（Jacopo Salviati）的女儿，有两名担任枢机主教的兄弟。所以说，他出身名门，只可惜并非嫡系传人。无论在政界还是在军界，美第奇家族都堪称名门望族。然而，该支系的前人——身份不明且作恶多端的亚历山德罗·德·美第奇（Alessandro de' Medici）已经有着不清不楚、遭人非议的出身。由于他肤色较黑，有人猜他是美第奇家族的洛伦佐二世（Lorenzo II de' Medici）的私生子，也有人猜他可能是枢机主教尤里乌·德·美第奇（Giulio de' Medici）与一位漂亮的黑白混血女奴所生的私生子——这位枢机主教是伟大的洛伦佐·德·美第奇之子，也是未来的教宗克雷芒七世。不过，无论他的父亲究竟是对外宣称的那位，还是众人揣测的那位，都改变不了一个事实：他是伟大的洛伦佐·德·美第奇的直系后代。查理五世授其公爵衔，并定期前往造访他的宫廷。他凭借军人的残忍和严酷进行统治，还产生了一个极为糟糕的想法：将自己的头像印在了佛罗伦萨的货币上，替换了那个原先让城市富有起来的人物的头像。他收缴了所有私人持有的武器，结果于1537年被他的亲属洛伦齐诺·德·美第奇（Lorenzino de' Medici）刺杀。数年后，米开朗琪罗为他打造了一尊布鲁图（Bruto）弑君的雕塑；三个世纪以后阿尔弗雷德·德·缪塞又为他创作了一部剧作《邪恶的洛伦齐诺》（*Lorenzaccio*）。

自亚历山德罗·德·美第奇死于匕首之下，佛罗伦萨的达官显贵们舒了一口气，将政权交给了其远亲科西莫。当时，17岁的科西莫住在穆杰罗（Mugello），沉迷于狩猎和女色，似乎心甘情愿地让实权落入48人议事会之手。然而，这番假象并未持续太久。很快，科西莫就牢牢把控了自己的武装力量，成为佛罗伦萨城名副其实的君主，并获得了帝国赐封的托斯卡纳大公爵位。他创立了城市国家，设置国家机构，并为其安排了相应的办公场所。与此同时，他打造出一个全新的佛罗伦萨强国——不再像一个世纪以前那样以经济实力为基础，而是基于其政治

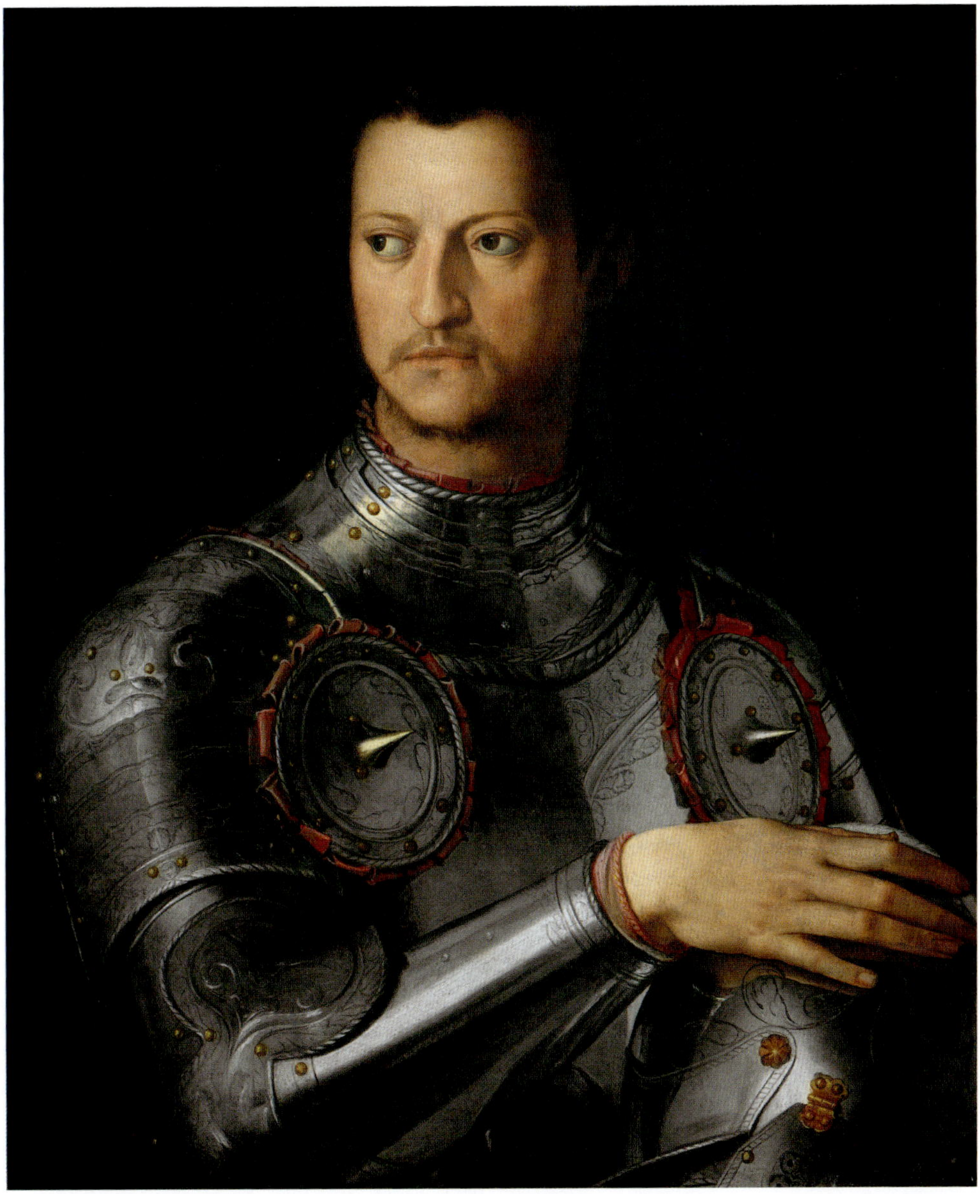

▲ 阿纽洛·布龙齐诺，《戎装的托斯卡纳大公科西莫一世肖像》（*Riratto di Cosimo I, granduca di Toscana, in armatura*），约1545年，木板坦培拉，74cm×58cm，佛罗伦萨，乌菲齐美术馆

影响和艺术威望。当市民变成了臣民，这位政权统治者十分警惕其所面临的危险，他退隐于一处城市堡垒——那里有宫殿、政府和他的个人财产，执政三十七年，直至去世。

就在君主制政府在意大利半岛诞生的那些年里，一张崭新的政权地图逐步呈

▲ 斯特法诺·博恩西尼奥里，《佛罗伦萨城平面图》（*Pianta di Firenze*），局部，1584年，蚀刻，125cm × 138cm，佛罗伦萨，旧宫

► 乔尔乔·瓦萨里，弗朗切斯科一世的小书房，约1569—1570年，佛罗伦萨，旧宫

现，意大利艺术史学家安东尼奥·保卢奇（Antonio Paolucci）曾不无讽刺地评价当年那些王公贵族的宫殿已然转变为一座座克里姆林宫。在罗马，教宗尼古拉三世早在1277年就产生了在圣伯多禄圣殿的古城墙顶修建一条通往哈德良陵墓的安全通道（即“博尔戈通道”）的想法，那时的哈德良陵墓已被改造为一座防御堡垒。所谓的“博尔戈通道”已经具备雏形，将在未来变成一组独立于罗马城的建筑群，以便让当权者在遭遇民众围城或敌军包围时能够获得持续的保护。1527年，当查理五世率领的德意志雇佣军洗劫罗马时，教宗克雷芒七世在这座由陵墓改造为堡垒的哈德良陵墓里避难，毫发无伤。就在统一时期，曼托瓦（Mantova）的公爵府也经历了类似方式的改造：通过扩建原先的房间和内院并新增某些建筑，整幢宫殿变成了一处规模宏大的堡垒，与周边的城市相对隔离。同样，当佛罗伦萨的执政者决定掐灭共和派的一切危险萌芽时，也采取了同样的改造模式。1560年，在独揽大权二十三年后，科西莫一世决定将佛罗伦萨的十三个管理机构（分别管理各类技艺、职业和法律）集中在同一幢与旧宫直接相连的建筑里。此项工程被交予了乔尔乔·瓦萨里（Giorgio Vasari）。1565年，由于弗朗切斯科一世（科西莫一世之子）与哈布斯堡王朝的神圣罗马帝国皇帝斐迪南一世（Ferdinando Ⅰ d’Asburgo）之女奥地利的约翰娜（Giovanna d’Austria）成婚，该建筑的规模又立刻被扩大。对于科西莫一世而言，当他迎娶那不勒斯的总督之女埃莉诺·德·托莱多（Eleonora Álvarez de Toledo y Osorio）为妻的时候，就已经获得了帝国赐封的佛罗伦萨公爵头衔和教廷赐封的托斯卡纳大公头衔。这是他政治生涯的顶点。佛罗伦萨完全配得上拥有一座宫殿。就这样，由乔尔乔·瓦萨里设计的佛罗伦萨版克里姆林宫诞生了。这座宫殿与新修的体面宅邸彼提宫和政府所在地旧宫相连。在那条面朝老桥的长长的廊道上，可以窃听任何潜在反抗者的说话声，而君主从来不会暴露自己。这位专权者的性格有着非常古怪的一面：当他征服了比萨和蒙塔尔奇诺，企及了权力巅峰，跻身于伟大王朝的行列，并见证自己的堂姐卡特琳·德·美第奇嫁给未来的法兰西国王亨利二世（Enrico Ⅱ di Francia）为妻后，居然决定急流勇退，让位于儿子——美第奇家族的弗朗切斯科一世，自己则在收藏有波提切利杰作的卡斯特洛别墅隐居，

1574年离世，享年55岁。正如历史中时常见到的情形，弗朗切斯科一世的性情与父亲截然相反。他热爱诗歌，对各个文化领域充满了兴趣。出于对真理的崇尚，科西莫一世曾决定将他收集的大量科学仪器放置于他的办公大厅。后来，在继任者的授意下，这座大厅由伊格纳齐奥·丹蒂（Egnazio Danti）和斯特法诺·博恩西尼奥里（Stefano Buonsignori）进行了装饰。弗朗切斯科一世改变了这座佛罗伦萨版克里姆林宫的命运和风貌。在旧宫的恢宏大厅里，弗朗切斯科一世授意布置了一间小书房，供他钻研文学和炼金术。他又命人将美第奇家族的大部分“储藏柜”搬去了乌菲齐宫的高层房间——放置在那些储藏柜里的是公爵家族的一系列动产和不动产名录，包括各类珍宝、画作和雕塑。就这样，在君主的关照下，第一处博物馆的雏形初现，并于1591年向那些怀有好奇心的学者和有功之人开放。至此，父亲的宏伟计划得以实现。处于同一高度的，还有乔尔乔·瓦萨里设计的通往彼提宫的长廊。此外，在波波里花园的边缘地带还添加了一组由贝尔纳多·布翁塔伦蒂（Bernardo Buontalenti）设计的风格主义的岩洞，用于安放米开朗琪罗打造的四尊《囚徒》（*Prigioni*）雕塑——如今，这组雕塑被收藏于学院博物馆。

随着美第奇家族的消亡，以及欧洲王朝在18世纪最初几年里的频繁变化，美第奇家族的荣耀没能被持续发扬光大。列琴斯基家族的斯坦尼斯瓦夫一世（Stanislao I Leszczyński）自从被萨克森选帝侯奥古斯特二世赶下了波兰国王的王座，便通过法国国王路易十五——他的妻子是斯坦尼斯瓦夫一世的女儿玛利亚·列琴斯基（Maria Leszczyńska）——的外交手段接手了巴尔公国和洛林公国，并将南锡变成了一处小小的都城。原本是洛林公爵的弗朗茨一世由此丢了饭碗，为了让他免于赋闲，便让他坐上了托斯卡纳公国虚位以待的宝座——因为美第奇家族的最后一位成员吉安·加斯托内（Gian Gastone）大公没有留下子嗣。他对女性从不感兴趣，以一个坚定的反教廷者的立场高枕无忧地统治着他平静的王国。当他成为大公时，还曾宣称感到自己仿佛是一场喜剧的国王。正因如此，在他歌舞升平的宫廷周边一直飞旋着各种关于继任者的猜测。当时，西班牙的费利佩五世（Filippo V di Spagna）之子一直在寻求一个位置；有人曾建议他去担任托斯卡纳的大公，但最后，他很幸运地成为那不勒斯和西西里的国王。1737年，轮到弗兰茨·斯特法诺在托斯卡纳建立洛林王朝，其统治一直持续到意大利统一。由于弗兰茨·斯特法诺在头一年迎娶了奥地利的玛丽亚·特蕾莎（Maria Teresa d'Austria），所以他在佛罗伦萨仅仅待了短短几个月。1745年，他当选皇帝，便将托斯卡纳交由妻子代为掌管。他的妻子为他接连生下了十六个子女，他的注意力却转移到其他情人身上，并

将大公国的管理权委托给他的代表。他的儿子彼得·利奥波德（Pietro Leopoldo）直到去世前的两年才在维也纳登上帝位（1790—1792年，称利奥波德二世），此前，他在佛罗伦萨和托斯卡纳居住了二十五年，其主要精力都用于该地区的管理。在这里，他造就了那个时代第一个启蒙国家：他改良了马雷玛地区的土地，在全世界范围内率先取消了死刑，于1786年11月30日颁布了新版托斯卡纳刑法，并对国家文化财富的教化功能给予了那一时代绝无仅有的重视。正是他制定了一种科学与艺术并重的创新的博物馆制度。他资助了克莱门特·苏西尼（Clemente Susini）的医学蜡塑术，这项技术的灵感来自西西里人加埃塔诺·尊博（Gaetano Zumbo）于一个世纪前在佛罗伦萨创作的作品，同时也受到了埃尔科莱·雷利（Ercole Lelli）的影响——此人曾在附近的博洛尼亚尝试发明世界上最精确的解剖系列模型，后来，这些模型中的大部分都被运往维也纳。彼得·利奥波德的功劳还包括天文观象台的设立。尤为值得一提的是，他确立了乌菲齐美术馆的现代风貌。他将原先藏于美第奇别墅内的许多艺术品转移至乌菲齐美术馆，使这座美术馆的馆藏得到了进一步丰富，并于1789年将其向公众开放。至此，家族的储藏柜终于公开面世了。

◄ 佛罗伦萨，乌菲齐美术馆，八角形讲坛，约1580—1590年

▲ 安东·拉斐尔·门斯，《托斯卡纳大公、哈布斯堡–洛林王朝的利奥波德二世肖像》（*Ritratto di Leopoldo II di Asburgo -Lorena, granduca di Toscana*），1760年，木板油画，101cm×82cm，米兰，安布罗齐奥画廊

游览指南

致痴迷的藏家

由弗朗切斯科一世授意贝尔纳多·布翁塔伦蒂设计修建的乌菲齐美术馆八角形讲坛至今仍是最受人瞩目也最值得细细品味的名胜之一，其受到热捧的程度甚至达到工作人员不允许过多的公众进入，转而劝导他们驻足于入口，遥遥观望。站在这个距离，观众们能识别出这座美术馆的建筑体所蕴含的象征主义元素：土、气、水、火这四大元素，还能远远地看一眼其中展出的作品。而在1773年，当约翰·佐法尼（Johann Zoffany）为大不列颠国王乔治三世的妻子夏洛特王后作画时，却能将这里的杰作一一近观。如今，这样的遥望貌似是一种扫兴的经历，但相比隔着厚厚的玻璃橱窗看一眼波提切利的《春》（*Primavera*）来说，或许是一种更加富有诗意的体验。博物馆的历史可以成为观展的向导，让观者摆脱一步一挪的队伍所重复的固有路线，对藏品进行全面且自由的参观。诸位应去寻找这所宅邸的各位主人，并通过观察展陈的多幅作品去发现他们之间的关联。不可错过的有阿纽洛·布龙齐诺（Agnolo Bronzino）的作品：《埃莉诺·德·托莱多和她的儿子乔瓦尼肖像》（*Ritratto di Eleonora di Toledo col figlio Giovanni*）——在旧宫的科西莫一世大厅里，你们也能看到出自乔尔乔·瓦萨里之笔的另一幅埃莉诺·德·托莱多的肖像。布龙齐诺的一幅作品能牵出另一幅作品。诸位一定要去看看他为一位绝色美女卢克雷齐娅·潘恰基蒂（Lucrezia Panciatichi）所作的肖像。由此，你们又会去寻找她的丈夫——严肃的巴托罗梅奥·潘恰基蒂（Bartolomeo Panciatichi），他的肖像同样出自布龙齐诺之手。这位科西莫一世宫廷里的绅士因有加入加尔文改革派的嫌疑而遭到审判，若观察其严肃的胡子和瘦骨嶙峋的双手，观者或许会认为确有其事。不过，在巴托罗梅奥拥有的那幅同样为布龙齐诺所作的、精美绝伦的《神圣家族》（*Sacra famiglia*）里，他的形象就显得不那么像新教徒了。佛罗伦萨自始至终是一个以高贵为重的城市，这种高贵体现于波提切利的一些小众作品，也体现于皮耶罗·迪·科西莫于1510年创作的《被释放的安德洛墨达》（*Liberazione di Andromeda*）的诸多古怪之处——在那幅作品里，许多疯狂的风格主义的视觉效果已初现端倪。同样是为了强调藏品与家族之间的关联，诸位还应关注提香的《乌尔比诺的维纳斯》（*Venere di Urbino*），这幅画作是在1631年由维多利亚·德拉·洛维雷

▲ 提香·韦切利奥，《乌尔比诺的维纳斯》（*Venere di Urbino*），1538年，布面油画，119cm × 165cm，佛罗伦萨，乌菲齐美术馆

► 约翰·佐法尼，《乌菲齐宫的八角形讲坛》（*La Tribuna degli Uffizi*），局部，1772—1777年，布面油画，124cm × 155cm，温莎，皇家收藏基金会

（Vittoria della Rovere，她是这个位于佩萨罗的家族的最后一位成员）嫁给美第奇家族的斐迪南二世（Ferdinando Ⅱ de' Medici）之时作为嫁妆带入美第奇家族的。后来，爱德华·马奈（Édouard Manet）以这幅画作为模板，创作了著名的《奥林匹亚》（*Olympia*），打动了巴黎的观众。这一现象证明了一个事实：乌菲齐美术馆对公众的开放很快就成为下一场文化潮流的驱动力。

▲ 阿纽洛·布龙齐诺，《巴托罗梅奥·潘恰基蒂肖像》（*Ritratto di Bartolomeo Panciatichi*），约1540年，木板油画，104cm×85cm，佛罗伦萨，乌菲齐美术馆

▲ 阿纽洛·布龙齐诺，《卢克雷齐娅·潘恰基蒂肖像》（*Ritratto di Lucrezia Panciatichi*），约1540年，木板坦培拉，102cm×85cm，佛罗伦萨，乌菲齐美术馆

◀ 阿纽洛·布龙齐诺，《埃莉诺·德·托莱多和她的儿子乔瓦尼的肖像》（*Ritratto di Eleonora di Toledo col figlio Giovanni*），1545年，木板油画，115cm×96cm，佛罗伦萨，乌菲齐美术馆

▲ 皮耶罗·迪·科西莫，《被释放的安德洛墨达》（*Liberazione di Andromeda*），约1510—1513年，木板油画，70cm×123cm，佛罗伦萨，乌菲齐美术馆

帕拉提纳美术馆（佛罗伦萨）

——权力的光芒

尽管只是公爵府，彼提宫建筑群的体量却相当宏大，以至于萨伏依宫廷和国王维托里奥·伊曼纽尔二世（Vittorio Emanuele Ⅱ）的政府在面对它时都惊叹不已。根据1861年3月17日在都灵颁布的《单一条款》（*Articolo Unico*），维托里奥·伊曼纽尔二世为自己和继任者谋得了意大利国王的头衔，随后又成为“受天主之恩的撒丁国王、塞浦路斯国王和耶路撒冷国王、萨伏依公爵、热那亚公爵”以及“皮埃蒙特亲王”，如此等等。这位来自都灵的国王爱好狩猎羱羊，因此他继续甚至更加热爱瓦莱达奥斯塔（一个多山的政区）。尽管如此，他仍然心甘情愿地接受了自小便熟识的佛罗伦萨。1864年秋天，明盖蒂（Marco Minghetti）政府出于安全考虑，决定将意大利的首都迁至佛罗伦萨。因为此前在皮埃蒙特发生了暴动，部分

◄ 拉斐尔·圣齐奥，《女子肖像》（*Ritratto di donna*），又称《披纱巾的女子》（*La Velata*），局部，1515—1516年，布面油画，82cm×60.5cm，佛罗伦萨，彼提宫，帕拉提纳美术馆

民众袭击政府大楼，导致政府开枪镇压。当时，这位意大利的首相已鳏居数年。在定都于佛罗伦萨的六年里，他一直住在彼提宫。他的情人罗莎·韦尔切拉纳〔Rosa Vercellana，人称“漂亮的小罗莎”（Bela Rosin）〕则被安置于美第奇家族同样华美的佩特亚别墅。她一直舒心幸福地生活在那里，直到1871年罗马被攻克，她才极不情愿地搬进了奎里纳尔宫。

说到底，这是因为佛罗伦萨的宫殿比都灵的宫殿更有王宫的气派，尤其是彼提宫，雕梁画栋，而罗马的那座宫殿却是四壁空空——教宗庇护九世（Pio Ⅸ）搬迁时，将奎里纳尔宫里的装饰全都带去了梵蒂冈。说到彼提宫，这幢高贵的宫殿及其周围的建筑群和花园后来变成了一座博物馆，更确切地说，随着时光的流逝，它变成了一个博物馆群，包括今天的帕拉提纳美术馆和若干具有历史纪念意义的大厅以及一系列后来成立的各类博物馆。

善良高贵的维托里奥·伊曼纽尔二世国王完成了统一大业，并通过全民公决促成佛罗伦萨并入王国，从而有幸重返儿时的宫殿，住在宫殿的“冬区”——该区域后来被命名为“奥斯塔公爵夫人公寓”。在那里，国王（出于礼节，而非出于个人爱好）终于拥有了他庄严人生中第一处名副其实的卫生间。在先前常常居住的蒙卡列里城堡，他总是与亲爱的猎犬们睡在行军床上，卫生间只是王后寝宫的专属特权。王后是国王的第一任妻子，来自奥地利的玛丽亚·阿德莱德（Maria Adelaide），她遵循哈布斯堡家族的传统，坚持保留全套清洗礼仪。

佛罗伦萨的这座宫殿从未被王室彻底放弃，或许是因为它铭刻了萨伏依家族在此度过的荣耀年代；在“冬区”的上方，储君维托里奥·伊曼纽尔（Vittorio Emanuele）命人装修了另一处居住区，从那里可以俯瞰阿尔诺河。他是未来的第三任意大利国王，但在当时，他的正式头衔只是那不勒斯亲王。由于瞧不起他身材矮小，他的反对者私下里称他为“短刀”（Sciaboletta）。对于萨伏依家族而言，这座宫殿是家族自留地，而非国家财产——因为它来自首任意大利国王的母亲。尽管早在1834年，贵族的政府机构大厅就已由哈布斯堡-洛林家族向公众开放，且在1775年，彼得·利奥波德也已在花园的边缘处设立了用于教学的天文台，但直到

▲《萨伏依的卡洛·阿尔贝托年轻时的肖像》（*Ritratto giovanile di Carlo Alberto di Savoia*），皮内罗洛，骑士装备历史博物馆

▲ 彼得罗·本韦努蒂，《萨伏依家族的卡洛·阿尔贝托之妻，哈布斯堡–洛林的玛丽亚·特蕾莎肖像》（*Ritratto di Maria Teresa di Asburgo–Lorena di Toscana, consorte di Carlo Alberto di Savoia*），拉科尼吉，王室城堡

1919年，维托里奥·伊曼纽尔三世才将此处财产正式转交给意大利王国，真正的博物馆群也才正式诞生。国王就这样无奈地放弃了他最美的一处王宫。不过，这座王宫被完好地保存了下来，而意大利统一之前的其他几处王宫则被搜刮一空，其物品全都用去装饰先前在教宗逃往梵蒂冈之时被掏空的奎里纳尔宫了。〔帕尔马的科洛尔诺王宫很快就成为装饰品的来源；自从翁贝托一世（Umberto I）被刺引发了“除忆诅咒”[1]（damnatio memoriae）后，米兰和蒙扎宫廷里的装饰也都被清除了。〕

必须承认，萨伏依家族对佛罗伦萨是怀有深厚情感的，因为那是一座属于他们家族的城市。维托里奥·伊曼纽尔二世的母亲——哈布斯堡-洛林皇朝的玛丽亚·特蕾莎（Maria Teresa d’Asburgo-Lorena）是托斯卡纳的公主。她的丈夫是

▲ 朱斯托·乌腾斯，美第奇别墅弦月窗饰系列之《彼提宫和美景宫》（*Palazzo Pitti e il Belvedere*），1599—1609年，被剥离的湿壁画，佛罗伦萨，佩特亚别墅

[1] 通常指罗马的叛国者或破坏罗马帝国名声的上层人士死后，经由元老院决议，消除功迹记录。

卡洛·阿尔贝托（Carlo Alberto）国王。年轻的王储出生于1820年，在佛罗伦萨度过了数年的童年时光。后来，在都灵王宫里，人们时常私下议论一桩发生于佛罗伦萨其童年时期的怪事。1821年，都灵发生暴动后，卡洛·阿尔贝托先是逃往诺瓦拉，后来又前往佛罗伦萨的岳父家避难。在1821年的那个致命的夜晚，宫廷里的保姆打翻了一支蜡烛，引发了大火，但保姆以极大的勇气救下了新生的婴儿。这是对外公开的说法，首相克里斯皮（Francesco Crispi）的回忆录却记载了另一

个更加诱人猜测的版本，称真正的王子其实已经葬身于火灾了；为了不引起朝野震动，王室用住在彼提宫对面的一位佛罗伦萨屠户的儿子取而代之。这个说法来源于马西莫·德·阿泽利奥（Massimo d'Azeglio），他既是一位贵族作家和画家，也在皮埃蒙特担任大臣，后来又成了撒丁王国首相。作为一个非常了解国王的人，他提出了这一猜测，说只要看看国王的双手，就会发现那双手并不具备从事高贵艺术以及驾驭名贵马匹的灵巧。

◄ 位于佛罗伦萨的彼提宫，由建筑师菲利波·布鲁内莱斯基设计

▼ 圆形剧场和洋蓟喷泉，佛罗伦萨，波波里花园，由弗朗切斯科·德尔·塔达设计

▲ 岩洞，外景和内景，佛罗伦萨，波波里花园，由建筑师贝尔纳多·布翁塔伦蒂设计

◀ 同上

就这样，彼提宫成了意大利统一史上的一处神秘之所。不过，说到该宫殿的历史，可以追溯到四个世纪以前。这座宫殿始建于1458年，是由佛罗伦萨银行家卢卡·彼提（Luca Pitti）授意修建的，其目的是与科西莫·德·美第奇委托米开罗佐（Michelozzo）在拉尔加路[1]修建的那座宫殿（今天的美第奇–里卡迪宫）一较高下。相较而言，彼提宫与美第奇–里卡迪宫一样，采用砌琢石作为外立面凸显建筑的宏伟，在规模上却超越了后者。彼提宫的建筑设计是由大师菲利波·布鲁内莱斯基（Filippo Brunelleschi）完成的。起初，那是一幢远离城市车水马龙的独立楼宇，周边环绕着大面积的花园。或许是想与美第奇家族的各处宫殿媲美，彼提宫试图将城市建筑和乡野别墅融为一体，换言之，彼提宫想成为一处兼具拉尔加路的美第奇–里卡迪宫、卡雷吉别墅和卡法焦罗别墅（这也是一处由米开罗佐新近改造过的宅邸）之功能的综合体。正因如此，卢卡·彼提才会委托菲利波·布鲁内莱斯基担纲设计。当时，布鲁内莱斯基的名望正值鼎盛时期，是要价最高的佛罗伦萨建筑师，很是瞧不起科西莫·德·美第奇的锱铢必较。他的任务是设计出比美第奇家族宫殿的大门还要宽的窗扇以及一间极为敞亮的大厅，其人数容纳体量应相当于另一个竞争家族所修建的斯特罗齐宫所有楼层的容纳量。卢卡·彼提与科西莫·德·美第奇之间的较量是没有尽头的：卢卡·彼提当选了正义旗手——共和国体制里的最高职位，却没能在与美第奇家族的明争暗斗中收手。后者尽管不曾担任最高职位，却自觉是城市的主人，并成功地将卢卡·彼提投入了监狱。1472年，卢卡·彼提在牢狱中去世，显然，他的宫殿也没能完工。命运弄人，1549年，也就是开工后的一个世纪以后，卢卡·彼提的后人将这座宫殿卖给了已经成为公爵的科西莫·德·美第奇的后人——更准确地说，是卖给了渴望呼吸阿尔诺河对岸清新空气的科西莫一世的夫人埃莉诺·德·托莱多。于是，通过那条位于老桥之上，由乔尔乔·瓦萨里设计建造的长廊，这座宫殿与政府所在地旧宫连在了一起。自那时起，这座建筑的荣光与日俱增：巴托罗梅奥·阿曼纳蒂（Bartolomeo Ammannati）为其重新设

[1] 如今已更名为“加富尔路”。

计了朝向花园的那一侧外立面，并将其扩建至现有的规模；弗朗切斯科·苏西尼（Francesco Susini）作为詹博洛尼亚（Giambologna）的密切合作者为其添加了一座喷泉。更晚些时候，宫殿内又多了一座梅瑟岩洞，那座岩洞起初较为粗糙，后来被朱利奥·帕里吉（Giulio Parigi）加以装饰。一处岩洞牵出另一处岩洞：在瓦萨里长廊的尽头，贝尔纳多·布翁塔伦蒂设计了另一座岩洞，长期用于放置米开朗琪罗的某些雕塑作品（这些作品如今藏于学院美术馆）。人称“特利波罗”的尼科洛（Niccolò Tribolo）设计了一系列花园，整座彼提宫也成了最优秀的风格主义艺术的园地，甚至朝巴洛克风格迈出了第一步：事实上，阿戈斯蒂诺·米特里（Agostino Miteli）和安杰洛·米凯莱·科隆纳（Angelo Michele Colonna）营造出的方框式视觉陷阱整体装饰风格完全可被视为巴洛克风格的最初尝试。最后，在17世纪30年代末，皮耶特罗·达·科尔托纳（Pietro da Cortona）来到此地，用拉毛粉饰和画作装饰了余下的大厅。至此，这座全欧洲最为考究的王宫已做好准备，即将成为凡尔赛宫和圣彼得堡王宫艳羡和模仿的对象。

游览指南

全方位的装饰

彼提宫的基础设计理念是繁复，是装饰与展品之间、建筑与花园之间、花园与后续建筑之间的呼应。它凝聚了佛罗伦萨的历史，成为一处复杂而巧妙的截面，让人通过它看到不同的盛景。城市环绕着它，而它本身也是城市的一角。它向观者

提供了一支万花筒。彼提宫的古代画作展区是相当有名的，不过，它还给钟情于画作的参观者提供了其他的可能。最重要的自然是现代艺术美术馆所含的三十多个展厅。位于这些展厅附近的，是白色舞厅，那里是第二次世界大战结束后最初几次时装秀的举办场所，所谓的“意大利制造”的概念，也是在那里孕育而生的。现代美术馆所指向的“现代”概念，与史学意义上的19世纪相对应，始于新古典主义风格，终于19世纪末的画派。现代美术馆拥有艺术评论家迭戈·马尔泰利（Diego Martelli）的部分收藏。迭戈·马尔泰利是点彩派画作的首位推动者，同时，他也推崇某些大型墙面帆布画画家的作品，认为他们再现了意大利史诗般的历史。后来，随着一大批20世纪的优秀作品——从乔治·莫兰迪（Giorgio Morandi）到菲利波·德·皮西斯（Filippo de Pisis）——的到来，该馆的馆藏得到进一步丰富。

▼ 乔瓦尼·法托里，《托斯卡纳的马雷玛》（*Maremma toscana*），局部，约1894年，布面油画，77.5cm×205.7cm，佛罗伦萨，彼提宫，现代艺术美术馆

▲ 萨拉齐作坊的手工艺品，龙形罐，16世纪，水晶和珐琅贴金，高23cm，佛罗伦萨，彼提宫，银器博物馆

◀ 汉斯·多梅斯，洗手冲水壶，16世纪下半叶，青金石，珐琅贴金，青铜镀金，高27.5cm，佛罗伦萨，彼提宫，银器博物馆

彼提宫的一层是不容错过的银器博物馆，其中展出了美第奇家族自伟大的洛伦佐时期起开始收藏的大部分珍宝。这些珍宝的品质和灵感将给观者开启一个独一无二的世界。你若在通往高处美景宫的波波里花园徜徉，一定要去看看华贵的骑士小宫殿里的瓷器展。一座城堡牵出另一座城堡。当你回到低处，面朝着那条通往罗马门的大街，看向那处沿街耸立的建筑群，便会看到天文台博物馆。那是欧洲最古老的几座科学博物馆之一，如今由佛罗伦萨大学管理。该博物馆得名于塔顶那座八角形的观象大厅。浏览完馆内的三千多具头骨和人体骨骼，便可以看到当年伽利略曾使用过的科研工具。当你从骨骼机械学和科技研究的世界走出，就回到了马车

博物馆，这里讲述了人类对于车辆的最原始冲动——那也是各种时尚中的一种。最后，对于时尚的关注会将你带入服装美术馆。

彼提宫的真正魅力在于它在好几个世纪里层层叠加的藏品和装饰。乍一看去，这座博物馆比其他任何一座博物馆都更像是阿里巴巴的洞穴与某位大地主的建筑之梦的融合。这座博物馆不可复制的魅力恰恰就在于此。在这座疯狂的博物馆里，17世纪阿戈斯蒂诺·米特里（1609—1660年）和安杰洛·米凯莱·科隆纳（1604—1687年）绘制的视觉陷阱墙面与巴洛克文化里所谓的“恐怖真空”（horror vacui）相得益彰，直到同时代的皮耶特罗·达·科尔托纳（1596—1669年）用拉毛粉饰和天花板壁画完成了最后的装饰，才显得圆满。17世纪30年代，彼提宫成了欧洲未来巴洛克风格的试点建筑。那时，美第奇家族的后裔玛丽亚（Maria de' Medici）嫁给了法国国王亨利四世（Enrico Ⅳ di Francia），将彼得·保罗·鲁本斯（Pieter Paul Rubens）的繁复风格教给了巴黎人。如今，徜徉于彼提宫的各个大厅，重新感受当年的风范，毫无疑问每一个对此感兴趣的人都会受到启蒙教育，能够更好地理解那些重现于花园中的图案元素。

◀ 佛罗伦萨，天文台动物博物馆，蜡像厅

▲ 佛罗伦萨，彼提宫帕拉提纳美术馆，普罗米修斯厅

► 佛罗伦萨，彼提宫帕拉提纳美术馆，伊利亚特厅

▲ 乔瓦尼·达·圣乔瓦尼，《伟大的洛伦佐·德·美第奇的荣耀和功德，暨关于斐迪南二世和维多利亚·科隆纳婚礼的隐喻》（*Le glorie e le benemerenze di Lorenzo il Magnifico e Allegorie delle nozze tra Ferdinando Ⅱ e Vittoria Colonna*），1635年，湿壁画，佛罗伦萨，彼提宫，银器博物馆，湿壁画大厅

► 皮耶特罗·达·科尔托纳和奇罗·费里，《由荣耀女神和美德女神引领至阿波罗面前的美第奇家族的科西莫一世》（*Cosimo Ⅰ de' Medici presentato ad Apollo dalla Gloria e dalla Virtù*），1659—1660年，湿壁画，佛罗伦萨，彼提宫，帕拉提纳美术馆，阿波罗厅

VOLVPTATVM.SITIM.
PELLERE.SI.AVES.
VINVM.SAPIENTIAE.
IMPIGRE.HAVRIAS.
SOL.MVNDI.OCVLVS.
ANIMI.SAPIENTIA.

▲ 弗朗切斯科·富里尼，《关于伟大的洛伦佐·德·美第奇之死的隐喻》（*Allegoria della morte di Lorenzo il Magnifico*），1639—1642年，湿壁画，佛罗伦萨，彼提宫，银器博物馆

▶ 米开朗琪罗·科隆纳和阿戈斯蒂诺·米特利，《亚历山大大帝的凯旋》（*Il trionfo di Alessandro Magno*），17世纪，湿壁画，佛罗伦萨，彼提宫帕拉提纳美术馆，观众厅

FORTVNAM ALEXANDRI MIRARE, IMITARE VIRTVTEM

巴杰罗博物馆（佛罗伦萨）
——关于挖掘和安放

坦白说，巴杰罗宫变成一处名胜，以及在当代变成一座博物馆，这与意大利统一时期所形成的“身份情结”是息息相关的。这一情结在1864—1871年，尤其是在罗马和梵蒂冈被攻占以及1871年2月3日颁布的第33号法律将罗马定为首都之后，变得格外浓郁。在1861年至1864年间，统一的意大利王国的首都位于都灵。但萨伏依家族更愿意将都城迁至阿尔诺河河畔，因为那里远离奥地利势力的干涉，也远离都灵暴动的危险。于是，佛罗伦萨出现了一股全新的力量，他们针对佛罗伦萨诸多郊区进行的城市规划至今仍在守卫着城市的中心。正是同样一股力量，推动原先的巴杰罗宫被改造成一处崭新的市民博物馆。

所以说，在这座新博物馆诞生的过程中，政治因素起到了重要的作用。不

◄ 米开朗琪罗·博纳罗蒂，《抱婴圣母和圣施洗约翰》（*Madonna col Bambino e san Giovannino*），浅浮雕，局部，1504—1505年，大理石，85cm×82cm，佛罗伦萨，巴杰罗博物馆

过，这座博物馆的建立恰好也迎合了那些年里已然发生显著变化的国际审美标准。自18世纪末开始，中世纪的美学品位就逐渐征服了整个欧洲，并成为前浪漫派时期思维体系的组成部分。歌德笔下的炼金术士浮士德是中世纪

▲ 维琴佐·卡比安卡，《佛罗伦萨的说书人》（*I novellieri fiorentini*），1860年，布面油画，78cm×99cm，佛罗伦萨，彼提宫现代艺术美术馆

人；后来沃尔特·司各特的小说以及卡斯帕·大卫·弗里德里希（Caspar David Friedrich）的以哥特式遗迹为主题的画作也都与中世纪有关。随着最初的《神曲》（*Commedia divina*）德译本和英译本的流传，加之19世纪20年代威廉·布莱克（William Blake）和欧仁·德拉克洛瓦（Eugène Delacroix）又以该作品为蓝本创作了精美的画作，关于但丁的神话传遍了整个欧洲。就在那些年里，巴尔扎克在他的《苏镇舞会》（*Bal de Sceaux*）里描写了一位年轻时尚的巴黎名媛，她非常热爱“弗拉芒画派的画作和文艺复兴时期的艺术家”。另一位新潮作家乔治·桑（George Sand）在她于1846年发表的小说《魔沼》（*La Mare au Diable*）里也曾频繁使用“Renaissance”（复兴）这个新兴词语。1860年，随着雅各布·布克哈特（Jacob Burckhardt）的《意大利文艺复兴的文化》（*Die Kultur der Renaissance in Italien*）的出版，“复兴”这一术语被固定下来。只有意大利人将莱昂·巴蒂斯塔·阿尔伯蒂曾使用过的“rinascenza”[1]改造成了“rinascimento”[2]，因为这个词与“risorgimento”[3]一词更显般配。与此同时，人们尽管已经走出了曾统领一切的新古典主义，却仍以一种混沌的态度对那个（备受伦敦皇家学院推崇的米开朗琪罗文化之前的）神话般的世界表示出兴趣。事实上，在伦敦爆发了一场与1848年其他那些革命相类似的小型革命：拉斐尔前派艺术家群体诞生。他们中的罗塞蒂是一个热爱历史的阿布鲁佐流亡者，并与一位富有的英国人西摩尔·斯托克·柯卡普（Seymour Stocker Kirkup，此人的父亲是伦敦的珠宝商和钻石商）结下了友谊。这个古怪的人曾求学于皇家学院，成了威廉·布莱克的朋友。后来，柯卡普患上了肺病，前往罗马生活，并在那里参加了诗人济慈和雪莱的葬礼。最后，他前往佛罗伦萨，在老桥附近的一处住所里生活、梦想、收集书籍。他曾疯狂地投入对但丁的研究。

[1] 意大利文，意为“复兴”。

[2] 意大利文，意为“复兴”，后用来指文艺复兴时期。

[3] 意大利文，意为“崛起”，指后来的民族复兴运动。

▲ 文琴里亚塔城堡全景

◀ 佛罗伦萨，巴杰罗博物馆，外景

▲ 朱塞佩·佐基，《巴迪亚教堂和巴杰罗宫》（*Veduta della Badia e del Bargello*），18世纪，佛罗伦萨，乌菲齐美术馆，素描与版画馆

在13世纪之初，巴杰罗宫是一座政府办公楼宇，与市政宫（Palazzo dei Priori，今天的旧宫）平起平坐，是进行政治辩论的场所。这里是人民队长的居所。通常，人民队长都是外地人，共和国议会之所以委派外地人担当这一职务，是为了避免他们卷入当地的政治纷争。巴杰罗宫是执行正义的所在地，有时甚至会笼罩一层戏剧性的残酷色彩。例如，在1478年那场“帕齐家族的阴谋”中，参与刺杀朱利亚诺·德·美第奇（Giuliano de’ Medici）的行凶者就是在这里被绞死的。那时，这座宫殿包括众多宽敞的大厅，饰以讲述城市历史的湿壁画。后来，随着美第奇公国的科西莫一世专权，这座宫殿不幸变成了监牢：墙面上的湿壁画被石灰覆盖，那些面积过大的房间被加入了阁楼，或被划分为数间，用于关押那些倒霉的犯人。自18世纪起，随着洛林家族的启蒙派政府掌权，这座监牢被彻底弃置，

牢房被搬移至城墙建筑群。在巴杰罗宫作为监牢使用的最后几年里，西摩尔・斯托克・柯卡普采取了一些行动。他通过乔尔乔・瓦萨里的文章了解到有一幅出自乔托之手的湿壁画，其主题是神秘的但丁。自从得知这一消息，他便激动难抑，终于在1840年让这幅画作重见天日。在此次的冒险过程中，他身边有两位标志性的人物。一位名叫乔瓦尼・贝齐・迪・奥布雷（Giovanni Bezzi d'Aubrey）：皮埃蒙特人，1821年，在参与诺瓦拉之战期间发生的暴动之后流亡伦敦，成为一名支持意大利统一的爱国主义者；钟爱小提琴和人文主义思想，后迁居至政治氛围较为宽容的佛罗伦萨。另一位是约翰・坦普尔・里德（John Temple Leader）：曾是英国自由党议员，因离弃祖国而引发争议；他先是前往法国的戛纳——在那里，曾于1830年担任首相格雷内阁的大法官，后流亡在外的彼得・布鲁姆勋爵（Lord Peter Brougham）正在重新打造那座小城。随后，里德来到了备受英国人青睐的佛罗伦萨。的确，那一时期的佛罗伦萨到处都是盎格鲁-撒克逊人：一位来自美国的知名新古典主义雕塑家海勒姆・包沃斯（Hiram Powers，1805年出生于伍德斯托克）也搬到了那里工作和生活。里德来到托斯卡纳以后，迅速买下了帕齐家族位于菲耶索莱的这幢文艺复兴时期的别墅，作为自己的居所。此外，他还购入了附近的文琴里亚塔城堡，这座有待改造翻新的城堡成了重塑新中世纪风格的绝佳试验田。1865年，当巴杰罗宫被修复改造为博物馆对外开放时，那座城堡的改造工程显然起到了教科书式的作用。起初，巴杰罗博物馆藏有丰富的武器（来自美第奇家族的收藏）。这些藏品应该极大地鼓舞了国王，此前，他曾将卡洛・阿尔贝托钟爱的一系列精美武器收藏于都灵的王宫。后来，维多利亚和阿尔伯特博物馆在伦敦诞生，为了呼应当时的潮流，该馆又增添了许多蕴含不列颠风情的雕塑和工艺品。如今，巴杰罗博物馆已经成了所有雕塑爱好者不可错过的必到之处。

▶ 美第奇的科西莫三世的儿童盔甲，佛罗伦萨，巴杰罗博物馆

▲ 詹博洛尼亚（原名让·德·布洛涅），《火鸡》（*Tacchino*），1567—1568年，青铜，59cm×47cm，佛罗伦萨，巴杰罗博物馆

▲ 多纳泰罗，《尼科洛·达·乌扎诺》（*Niccolò da Uzzano*），约1432年，陶塑，46cm×44cm，佛罗伦萨，巴杰罗博物馆

◀ 巴托罗梅奥·阿曼纳蒂，《大厅喷泉》（*Fontana della Sala Grande*），复制品，约1560年，大理石，佛罗伦萨，巴杰罗博物馆

游览指南

佛罗伦萨漫步

对佛罗伦萨的过往感到好奇的参观者往往会遭遇选择困难。不过，有一条参观路径却可以让人们再次感受到当年的气息。斯蒂伯特博物馆当仁不让地成为头一个值得参观的地方。弗雷德里克·斯蒂伯特（Frederick Stibbert）曾生活在那个遍布“anglobecere”[1]的花花世界里，他的父亲是一位英国上校，祖父曾是远征印度的将军，母亲是托斯卡纳人。正因如此，这座博物馆才会于1838年在佛罗伦萨应运而生。当时，有人曾恶意揣测这位年轻人是维多利亚女王的情人，因此才会在结束牛津大学的学业后被建议重返佛罗伦萨，并在这里长期生活。不过，自但丁生活的那个年代起，佛罗伦萨人就总是乐于轻信传闻的。斯蒂伯特开始如饥似渴地收集来自各个历史年代和地理区域的武器，还将两尊来自埃及的斯芬克司像放在花园里。他度过了平静的一生，直到1906年逝世。斯蒂伯特博物馆位于菲耶索莱山脚。就在博物馆的旁边，一条穿梭于花园围墙之间的小径蜿蜒前行，那景象令人想起奥托·罗萨伊（Ottone Rosai）的画作。沿着那条小路走不多久，就能到达属于伯纳德·贝伦森（Bernard Berenson）的别墅——伊塔蒂别墅。如今，那里是哈佛大学意大利文艺复兴研究中心的所在地。从伊塔蒂别墅朝菲耶索莱方向望去，就能看到属于约翰·坦普尔·里德的那幢别墅。

---

[1] 意大利文，意为“带英国口音的人”。

▲ 佛罗伦萨，斯蒂伯特博物馆照片

◀ 佛罗伦萨，斯蒂伯特博物馆，骑马厅

▲ 日本工艺品，武士盔甲，胴丸风格，17—18世纪，佛罗伦萨，斯蒂伯特博物馆

► 德意志工艺品，德意志雇佣军士兵轻胸甲，1510—1520年，佛罗伦萨，斯蒂伯特博物馆

另一处必到之地自然是翻修后的主教座堂博物馆。该博物馆的高水准翻修工程是由佛罗伦萨建筑师阿道夫·纳塔利尼（Adolfo Natalini）、皮耶罗·圭恰尔迪尼（Piero Guicciardini）和马可·马尼（Marco Magni）主持完成的。

从博物馆学的角度来看，将雕塑作品再度放置于较高的楼层是一项明智之举。这使参观者得以重新找到原有的观看视角。当年，雕塑者特意将其置于高处，让它们从下向上地被观察和研究。在那些杰作之中，不乏多纳泰罗和米开朗琪罗等名人的作品。若是对佛罗伦萨在文艺复兴时期所创作的那些大型雕塑感兴趣，则会不可避免地将上述两座博物馆联系在一起。

最后，在寻找当年的繁华盛景的过程中，还可以去看一看佛罗伦萨大学的自然历史博物馆。该博物馆位于那座古怪的布翁塔伦蒂宫——俗称“未完宫”。这座博物馆也创立于佛罗伦萨成为意大利王国首都的那段时期，准确地说，是在1869年。创办者保罗·曼特伽扎（Paolo Mantegazza）收集了来自美第奇家族的一部分人类学藏品，又增添了一批来自世界各地的其他藏品。在那些富有年代感的橱窗里展出的，既有因纽特人的服饰，也有关于藏传佛教的展品，还有来自非洲的武器。这些橱窗相互对话。令人感动的是，橱窗的玻璃，还都是当年的老玻璃。

佛罗伦萨学院美术馆（佛罗伦萨）
——“聋子”与“傻子”：关于学院的历史

其实，单凭一件米开朗琪罗的《大卫》，这里便足以成为一座不容错过的博物馆，何况这里还有同样出自米开朗琪罗之手的著名的《囚徒》组像，令参观者心潮澎湃。不过，说实话，学院美术馆不仅藏有上述杰作，还讲述着一个更为复杂也更为引人入胜的故事。这座博物馆的创始人是奥地利的玛丽亚·特蕾莎和洛林的弗兰茨·斯特法诺之子——哈布斯堡–洛林王朝的利奥波德二世（Leopoldo Ⅱ di Asburgo-Lorena，即大公彼得·利奥波德一世）。他的父亲在被迫放弃了洛林家族的原有领地后，于1737年成了托斯卡纳大公，也是新王朝的开创者。1745年，他又放弃了大公头衔，在维也纳登上了神圣罗马帝国的皇位，史称弗兰茨一世（Francesco Ⅰ）。这位皇帝只在1739年在佛罗伦萨有过短暂停留，且并不被托斯卡纳人喜爱，因为他在去往维也纳时，带走了当地博物馆的部分藏品。

◄ 米开朗琪罗·博纳罗蒂，《大卫》（*David*），1504年，大理石，佛罗伦萨学院美术馆从某种意义上说，洛林的弗兰茨·斯特法诺的离开对托斯卡纳的未来不失为一件幸事。1765年，当他去世之时，儿子彼得·利奥波德继承了托斯卡纳大公的头衔，彼得的兄弟则成了神圣罗马帝国的皇帝，史称约瑟夫二世（Giuseppe II）。利奥波德是该家族里第一个真正在佛罗伦萨居住的人：他很喜欢这里，也为托斯卡纳人做了许多好事。他成长于维也纳宫廷，那里的启蒙主义文化氛围与共济会的主张颇为接近。此前，特伦特人卡尔·安东·马尔蒂尼（Carlo Antonio Martini）就向利奥波德宣传过共济会的思想。此人支持启蒙派的主张，也是重农主义（一种以农业作为国家财富基础的经济理论）运动的推动者。

随着1786年法令的颁布，利奥波德成了西方世界第一个取消死刑和酷刑的政府领袖。不过，早在二十年前，他就已经多番筹谋，试图让沉睡的托斯卡纳跨入现代社会——当美第奇家族的最后一位成员、好吃懒做的吉安·加斯托内将托斯卡纳交给利奥波德的父亲时，托斯卡纳就一直处于裹足不前的状态。他取消了中世纪的行会制度，鼓励现代企业的诞生；他支持农业的发展，治理改良了马雷玛的土壤；正是因为具备这样的眼光，他格外重视刚刚成立的农学院，将其视为实现农村生产创新的研究中心。同样，他也不可能不重视另一所历史更为悠久的学院，致力于培养视觉艺术家的艺术绘画学院。1692年，宫廷画家彼得·斯特鲁德尔（Peter Strudel）创办了维也纳美术学院，利奥波德效仿上述学院，于1784年将佛罗伦萨的艺术绘画学院更名为美术学院。17世纪末的维也纳正在萌发为欧洲的中心，1696年，出现了第一份制作“strudel”[1]的菜谱。一个“strudel”牵出另一个“strudel”。彼得·斯特鲁德尔成立的美术学院得到了皇帝约瑟夫一世的赞赏。1705年，约瑟夫一世将这座学校改造为一所皇家研究院。1725年，皇帝查理六世最终将其命名为皇家宫廷画家、雕塑家和建筑家学院。至于彼得·斯特鲁德尔，他是以1577年在罗马创办的圣路加美术学院为模板，才创建维也纳美术学院的。罗马美术学院创建于教宗格列高利十三世（博洛尼亚人）在任期间。这位教宗的功劳还包

[1] 德文，意为“苹果馅酥皮卷”。

▲ 蓬佩奥·巴托尼，《皇帝约瑟夫二世和托斯卡纳大公彼得·利奥波德》（*L'imperatore Giuseppe II e il granduca Pietro Leopoldo di Toscana*），局部，1769年，布面油画，173×122cm，维也纳艺术史博物馆

括于1582年颁布了《至要大事》（*Inter gravissimas*）教谕，制定了科学的历法，该历法一直沿用至今。圣路加美术学院是画家费德里科·祖卡里（Federico Zuccari）在枢机主教费德里科·博罗梅奥的授意下创办的。这位枢机主教十分重视根据特伦特大公会议的准则对画家进行意识形态教育。在那一时期，大公会议的执行者之一、同为枢机主教的加布里埃尔·帕莱蒂（Gabriele Paleotti）以博洛尼亚总主教的身份发表了一篇题为《艺术家指南：论神圣图像和世俗图像》（*Discorso intorno alle immagini sacre e profane come guida per gli artisti*）的文章。同年，也是在博洛尼亚，卡拉齐家族的三兄弟阿尼巴列（Annibale Carracci）、卢多维科（Ludovico Carracci）和阿戈斯蒂诺（Agostino Carracci）也成立了他们的启迪学院。

▼ 约翰·佐法尼，《皇家学院的院士们》（*Gli accademici della Royal Accademy*），1771—1772年，布面油画，101cm×147.5cm，温莎，皇家自治市博物馆

▼ 乔尔乔·瓦萨里，《圣路加绘圣母像》（*San Luca dipinge la Vergine*），局部，约1565年，湿壁画，佛罗伦萨，圣母领报大殿

意大利各大学院的诞生历史与文艺复兴运动的发展史是同步前行的：早在14世纪，在正规大学发展的同时，一些古怪的自由组织也在诞生，文学领域最早出现端倪，后来才正式开启了文艺复兴运动的大幕。起初，这些自由组织并不以授予学位为目的，只是纯粹地想为参与者提供持续的教育。后来，它们纷纷为各自起了一些讳莫如深或具有讽刺意味的名字。锡耶纳的文学组织自称为“Intronati”[1]学院（1525），后来，他们的敌对者将其改称为“Rintronati”[2]学院——第二个词一直沿用至今，通过这段历史，我们能够找到它的词源；帕多瓦的组织自称为“发炎者”学院（1540）；佩鲁贾的组织自称为“傻子”学院（1561）；比萨的组织自称为“清醒者”学院（1588）；罗马的组织自称为“不育者”学院（1613）；佛罗伦萨的组织自称为“秕糠”学院（1583）。所有这些名称都是为了迎合文艺复兴时期那些意大利知识分子的心理怪癖。在今天看来，这些名称似乎与文人社团应有的名称大相径庭。1560年，在那不勒斯成立了第一所科学院，其名称颇为玄妙：“秘密”学院。1599年，帕多瓦效仿那不勒斯，成立了“治愈者”学院，也就是伽利略所在的那座学院。八十五年后，法国人安托瓦内特·德·胡利埃（Antoinette des Houlières）成了第一位当选的女性院士。著名的法兰西学院致力于法兰西语言的推广，这所学院是意大利境外的第一所文学学院，由枢机主教黎塞留在其庇护人儒勒·马萨林（Mazzarino）的支持下于1635年创建。1631年，黎塞留与马萨林在凯拉斯科相识。黎塞留去世后，马萨林成了新一任首席大臣和枢机主教，并在1648年巴黎皇家绘画和雕塑学院（依据罗马圣路加美术学院的模式）的创建过程中扮演了主角。

此前，佛罗伦萨早已创办了一所名副其实的艺术学院，名为绘画艺术学院。该学院由美第奇家族的科西莫一世于1563年创立。提出建议的是乔尔乔·瓦萨里，他当时正忙于乌菲齐美术馆的建设工程。最初的命名意图在于涵盖包括建筑、绘画

[1] 意大利文，意为“聋子”。

[2] 意大利文，意为“聋子”。

和雕塑在内的所有视觉艺术门类，而其教学模式则承袭自伟大的洛伦佐在圣马可花园推动建立的美第奇家族学校。15世纪末，佛罗伦萨的贵族阶层——包括米开朗琪罗和两位未来的教宗：美第奇家族的利奥十世和法尔内塞家族的保罗三世——正是在那所学校里得到了艺术和文学的滋养。就这样，好比当年的学习者在美第奇家族的花园里面对着出土的古迹展开研究，学院里的学员在研习的过程中也能直接接触到那些随着岁月流淌而日渐丰富的作品。在最初用于教学的美术馆里，大部分藏品均是陈列于佛罗伦萨各大广场的雕塑在被熔铸成青铜成品之前的石膏模型。彼得·利奥波德在位期间，美术馆里的藏品得以增多。利奥波德的手段与奥地利在米兰实行的政策大同小异：镇压某些宗教修会，并将其丰富的不动产业洗劫一空。

随着宗教修会被镇压，他们收藏的艺术品也被转移至美术学院。如此，学院的馆藏得到了丰富。这些作品中的一大部分都是绘在金底画板上的。直到今天，它们仍然占据所有藏品的大部分数量。其他作品——如杜乔（Duccio）和契马布埃（Cimabue）各自创作的《圣母像》（*Maestà*）——于20世纪初被转移至乌菲齐美术馆。与此同时，在19世纪，学院美术馆继续发展：新的教学素材会以定期和不定期的方式被送到这里，雕塑家洛伦佐·巴尔托里尼（Lorenzo Bartolini）留下的石膏雕塑陈列馆就是例证之一。如今，无论是谁，只要是想深入了解意大利绘画的原始状态，去探查那个浩瀚无垠的宇宙，就不可错过学院美术馆。19世纪的英国画家曾在这些作品中获得灵感，勾勒出了拉斐尔前派的美学特质，与当时处于垄断地位的古典主义相抗衡。那些数不尽的藏品表达了一种介于形式和感受之间的持久的对话，通过这些藏品，他们在一个半世纪以前就发现了美学敏感的新端倪。今天的参观者在面对这些作品时仍能获得与他们极为相近的感受。所以说，佛罗伦萨美术学院的功能在于打破欧洲的学院派桎梏。直到今天，这仍是一种可贵的精神。

游览指南

风格

对于那些对风格主义的发展史感兴趣的参观者而言，本书有如下建议：每一位参观者，在漫步于放置《大卫》的讲坛之下，欣赏《囚徒》组像时，

◀ 米开朗琪罗·博纳罗蒂，《隆达尼尼圣殇》（*Pietà Rondanini*），1553—1564年，大理石，高195cm，米兰，斯福尔扎城堡，隆达尼尼圣殇博物馆

也会看到卡洛·波尔泰利（Carlo Portelli）的那幅《无玷受孕》（*L'Immacolata Concezione*）。当看到那些未完成的雕塑作品（其实，艺术家是有意为之，用以表现形象从材料中挣脱而出，从而赋予理念以生命）时，一定会想到目前存于米兰斯福尔扎城堡里的那尊《隆达尼尼圣殇》（*Pietà Rondanini*）——其形象永存于我们的记忆中。那是大师的最后一件作品。表面看来，那是一件未竟之作，但那只是外行人的看法。事实上，米开朗琪罗从1553年起就着手这件雕塑的创作，直至1564年去世前夕才终止。身体的扭曲将试图从大理石中挣扎而出的人物形象表现得更为生动。这种扭曲恰恰是一种极为重要的标志：风格主义的精神正在转变为下一时期的巴洛克审美品位。同样是在1564年，卡洛·波尔泰利开始创作一幅大型祭坛画。画作的主题是一个在当时颇具争议的问题——直到教宗庇护九世于1854年颁布《莫可

◀ 卡洛·波尔泰利，《无玷受孕》（*L'Immacolata Concezione*），局部，1566年，木板油画，410cm×248cm，佛罗伦萨学院美术馆

▲ 卡洛·波尔泰利，《无玷受孕》，1566年，木板油画，佛罗伦萨学院美术馆

▲ 卡洛·波尔泰利，《无玷受孕》，局部，1566年，木板油画，佛罗伦萨学院美术馆

▲ 米开朗琪罗·博纳罗蒂，《创造亚当》（*Creazione di Adamo*），局部，1510年，湿壁画，梵蒂冈城，梵蒂冈博物馆，西斯廷教堂

名言之天主》（*Ineffabilis Deus*）教谕，才成为固定的教义。就在一年以前，特伦特大公会议结束了，作为对宗教改革的回应，天主教廷所倡导的反宗教改革运动拉开序幕：关于无玷的玛利亚便是神学辩论的核心论题。这一运动对艺术史的发展产生了相当重要的影响。当时，负责实施大公会议决定的，主要有两位执行人。一位是博洛尼亚的枢机主教加布里埃尔·帕莱蒂——他将于1582年发表那篇《艺术家指南：论神圣图像和世俗图像》。另一位是枢机主教卡洛·博罗梅奥（Carlo Borromeo），他采取的方式更为严厉，直接改变了已然落幕的文艺复兴运动中所倡导的自由艺术品位：在所有针对神圣主题的图像表现里，裸体被刻意禁止。于是，形成了这样一种妥协。夏娃不可能不是裸体的，但观者只能看到她的背侧，且臀部还覆盖着一块虚伪的遮羞布。她站在《旧约》里的人物——大卫和所罗门之间，温柔地抚摸绝望的亚当——他受到惩罚，要去承受耕作之苦。在画作的上半部分，情形却大不相同了：无所不能的天主与西斯廷教堂天顶画中所绘形象身份相同，但此处的天主没有用手指向亚当，而是指向代表《圣经》的羊羔；圣母则看向她根据圣父的授意而产下的救世主。画面上的文字显然是用希腊文、希伯来文和拉丁文写的。无论是对于深谙艺术的专家，还是对于那些专门去观看画面呈现出的扭曲感的普通观者而言，该画作都堪称名副其实的艺术品。画面上的扭曲感与米开朗琪罗雕塑作品里的扭曲感颇为类似，通过观看画作的构图，可以发现玛利亚的目光与夏娃的目光居然背道而驰。敏感的观者马上会想到米开朗琪罗的另一幅作品——创作于16世纪中叶的《班迪尼圣殇》（*Pietà Bandini*）。在那件雕塑里，托住耶稣的是尼苛德摩（Nicodemo），这让人不禁猜想米开朗琪罗是否对宗教改革怀有好感。事实上，尼苛德摩派指的就是教廷里的众多意大利批评派。他们像尼苛德摩一样，白天是法利赛人，对教廷言听计从，然而在夜间沉思时，他们却是耶稣的亲密追随者。

▶ 米开朗琪罗·博纳罗蒂，《班迪尼圣殇》（*Pietà Bandini*），1547—1555年，大理石，高226cm，佛罗伦萨，主教座堂博物馆

锡耶纳国立美术馆（锡耶纳）

——时光机器的魔法

整座锡耶纳城就是一座博物馆。今天，当旅行者们行驶在佛罗伦萨和锡耶纳的高速公路上，现代交通工具的飞驰或许会让他们的目光变得漫不经心。事实上，在两个世纪以前，那些山丘和那片由丛林和葡萄园组成的景观曾是佛罗伦萨人和锡耶纳人之间血流成河的战场。如今，两座城市的市民怀着彼此接受的容忍之心呼吸着同样的空气，至多只会因为支持不同的足球队或不同的赛马节队伍而产生冲突。所以说，佛罗伦萨和锡耶纳可以成为世界和平的典范和象征。然而，两个城市之间的差异却是相当多的。佛罗伦萨呈现出包括21世纪在内的各个历史时期的风貌，而锡耶纳则完好地保留着中世纪时期的样子。

在锡耶纳，时光仿佛停止了。正因如此，整座老城区被列入了联合国教科文组织的世界遗产名录。锡耶纳美术馆也神奇地停留于时光之中，仿佛定格于它诞

◄ 多梅尼科·迪·巴托罗，《谦卑的圣母》（*Madonna dell'umiltà*），局部，1433年，木板坦培拉，93cm × 59.5cm，锡耶纳国立美术馆

生的那一年。1932年，锡耶纳美术馆作为一家国立博物馆对公众开放，该博物馆收藏的大量金底画作有力地见证了当时的收藏品位。18世纪由修道院院长朱塞佩·恰凯利（Giuseppe Ciaccheri）收藏的作品构成了最初的核心藏品，后来，在各大修院遭到镇压时，来自修道院的作品又使该馆的馆藏得到了进一步丰富。如今，这座美术馆位于两幢毗邻的楼宇之内。这两幢楼宇同样修建于那个见证锡耶纳荣光的时期，是理想的馆藏地。较大的一座楼名为布里吉迪宫，两层楼均装饰有哥特式双扇窗，并保留有当年的螺旋式楼梯——根据传闻，这便是那个在马雷玛惨遭丈夫杀害的皮娅·德·托勒密（Pia de' Tolomei）使用过的楼梯。在《神曲·炼狱篇》（*Purgatorio*）的第五歌里，但丁遇到了她的灵魂：

> 请记住我，我是皮娅，
> 锡耶纳生育了我，马雷玛毁了我，
> 那个曾为我戴上宝石指环的人，
> 对此应当知晓。

另一幢楼宇名为邦西尼奥里宫，是15世纪中叶由银行家乔瓦尼·迪·古乔·比奇（Giovanni di Guccio Bichi）在创办牧山银行前不久修建的。相对于在竞争对手佛罗伦萨城里已然相当流行的建筑风格而言，该建筑的哥特式三扇窗似乎有些过时，但这种风格见证了在锡耶纳这座保守的圭尔甫派（从该城的城墙垛的形态便可看出其政治立场）城国里，传统能够保留何等长久。如今，这两幢相邻的建筑已合二为一。守护者收藏于其中的藏品可谓“绝无仅有”，之所以这么说，乃是因为建筑和画作之间有着独一无二的同步性：当年的建筑里保存着当年的画框，当年的画框里镶嵌着当年的画作。

▲ 美第奇家族统治时期的锡耶纳平面图，版画

◀ 布里吉迪-潘诺基耶斯基宫和邦西尼奥里宫，锡耶纳国立美术馆所在地

整座锡耶纳城已与它在中世纪的荣光成为一体。那荣光让老城中心的建筑从未发生过丝毫改变；那荣光勾勒出整座城市的轮廓，包括遥远的乡野；那荣光至今仍弥漫在它的各类节庆以及各城区的赛马节比赛之中——赛马节并不是为了唤醒夏日里筋疲力尽的旅行者而恢复的历史习俗，而是各城区之间动真格的较量，只有城区内的居民才有资格参与。整座锡耶纳城活在过去的荣光中而不愿面对现实的心态其实很好理解。1555年，锡耶纳共和国失去了主权。这一结果在实质上是由皇帝查理五世的背叛导致的。当时，在围城整整一年后，查理五世将锡耶纳交给了佛罗伦萨大公国，其目的只是保障西班牙对小小的从属驻兵国（位于奥尔贝泰洛和阿真塔里奥周边）的控制，从而保住一个稳固的海军基地，以控制第勒尼安海。

▼ 锡耶纳，主教座堂博物馆，展厅内景

锡耶纳共和国或许是意大利唯一一个由民众自主选择了寡头政府的城市国家。在超过三个世纪的时间里，它在意大利半岛的复杂政局中一直扮演着极为重要的角色。1260年，锡耶纳（当时仍在实质上处于支持皇帝的吉伯林派当政时期）在与佛罗伦萨对抗的过程中取得了蒙塔佩蒂战役的胜利。自那时起，锡耶纳就因其占据两条联通南北的交通要道而幸运地获取了一系列利益。其中一条是卡西亚古道，从罗马出发，经由阿雷佐通往佛罗伦萨，随后通往位于海滨的卢尼；另一条是奥雷利亚大道，在延伸至维图洛尼亚以前，它与克洛迪亚大道合为一体，随后沿海继续前行，在差不多抵达如今的阿文扎（那里是卢尼山脚的滨海区）时与卡西亚古道合并。佛罗伦萨除了与锡耶纳为敌，也与吉伯林派当政的比萨存在冲突。佛罗伦萨人沿阿尔诺河南下，于1406年秋季攻占了比萨共和国。在这样的四角政局里，锡耶纳的民众力量和商业力量欣欣向荣。可能正是这个原因，锡耶纳并没有像它的对手——佛罗伦萨那样，孕育出大量的优秀人文主义者。这个城市的生产劳作似乎与强烈的知识诉求毫不相干。自科鲁乔·萨卢塔蒂（Coluccio Salutati）开始，佛罗伦萨就培育了一大批人文主义者和文人，参与最高层次的政治事务，并在后来加入了位于美第奇家族花园的学校。相比之下，从1240年开始算起，锡耶纳只成立了一所以研究医学和法学为主的大学。

在那遥远的历史时期，各个城市若是只根据圭尔甫派当政还是吉伯林派当政就决定其政治选择，进行相互结盟，是远远不够的。在13世纪，支持吉伯林派势必意味着强烈支持皇帝及那不勒斯和西西里国王腓特烈二世的政权并得到该政权的保护，同时也意味着与安茹家族的查理一世为敌。1266年的主显节当天，安茹家族的查理一世在拉特兰教堂被加冕为西西里国王，并在短期内担任罗马元老院的领袖，以此迎合圭尔甫派人，表明自己的反帝国立场。不久后，他离开罗马，前去攻打整个意大利南部地区，在还未完全击败士瓦本王朝的最后一位成员曼弗雷迪（Manfredi）以前就将比萨和锡耶纳的商人驱逐出了那不勒斯。锡耶纳城感到自己已完全摆脱了佛罗伦萨的威胁，变成了亲近圭尔甫派的城市。无论是从地理位置、商业贸易还是银行金融的角度来看，锡耶纳都不可避免地与罗马教廷及其两任教宗密切关联。这两位教宗都是法国人，雅克·潘塔利翁（Jacques Pantaléon）出生于香槟地区的特鲁瓦，于1261年至1264年在位，史称乌尔班四世（Urbano Ⅳ）。他与安茹家族的查理一世一样，是士瓦本家族的死敌。他的继任者居伊·福尔克（Guy Foulques）出生于朗格多克，于1265年至1268年在位，史称克雷芒四世。接下来的教宗格列高利十世（Gregorio Ⅹ）本名为蒂奥巴尔多·维斯孔蒂（Teobaldo Visconti），是皮亚琴察人，曾在法国居住。他刚一上任就于1274年召开了里昂大公会议。两年以后，格列高利十世去世，继任者又是一个法国人——来自萨伏依的多明我会修士皮埃尔·德·塔朗泰斯（Pierre de Tarentaise）。这位史称英诺森五世（Innocenzo Ⅴ）的教宗只在位五个月，随后便去世了。下一位教宗几乎可以忽略不计：来自热那亚菲耶斯基家族的阿德里安五世（Adriano Ⅴ），他是由时任罗马执政者安茹家族的查理一世推举上位的，履职期只有三十九天。于1281年至1285年在位的又是一位法国教宗，此人本名为西蒙·德·布里翁（Simon de Brion），史称马丁四世（Martino Ⅳ）。所以说，在1287年，一个完全由圭尔甫派人组成的“九人政府”在以商业为基础的锡耶纳开始执政，是完全合乎情理的：只有教廷才能保障锡耶纳共和国的独立地位。教廷是亲法国的，其审美语言也倾向于在比萨和锡耶纳根深蒂固的哥特风格。在兴建锡耶纳主教座堂的那一时期，这种品位被强烈地“意大利化”了。

早在尼古拉·皮萨诺（Nicola Pisano）的雕塑引发一场伟大演进的时候，就兴起了一股全新的古罗马派风潮，一直持续到文艺复兴时期。1260年，尼古拉·皮萨诺完成了比萨洗礼堂的布道台。后来，他的儿子乔瓦尼·皮萨诺（Giovanni Pisano）成了锡耶纳主教座堂的总设计师，其雕塑理念又进一步发生了变化：对古典文物雕塑品位的追随与法国的哥特式雕塑艺术开始完美结合。这种对阿尔卑斯山北麓的艺术风格（更准确地说，是第勒尼安海北岸的艺术风格）的偏好早在杜乔绘制的玻璃窗中的王冠形象和人物形象里就有所体现。人物形象的黑色轮廓线似乎表明法国的绘画品位已经在取代原先木质祭坛画中的拜占庭风格形象了。事实上，同样的迹象也出现在阿西西的圣方济各圣殿上教堂的彩绘玻璃窗中。

▲ 杜乔·迪·波尼赛尼亚，《圣母像》（反面）（*Maestà*, verso）之《走向以马忤斯》（*Cammino verso Emmaus*），局部，1308—1311年，木板坦培拉，213cm × 296cm，锡耶纳主教座堂博物馆

倘若参观国立美术馆是一种预先铺垫，那么接下来就必须得去看一看主教座堂博物馆。在这里，参观者能够再次看到杜乔的《圣母像》——18世纪，这幅作品曾遭分解，如今已被重新组合。通过这幅作品，参观者能够感受到原始绘画语言的延续性。同样是在这座博物馆里，各位还能近距离观看杜乔绘制的大型彩绘玻璃窗，从而了解每一种表达手段都有其独特的语言体系。倘若杜乔的祭坛画反映了一种超越其拜占庭渊源的绘画视角——换言之，倘若杜乔的祭坛画已经抛却了一个高

等世界的纯美境界，去靠近一种具体的新审美品位，以表达神圣与世俗的对话，倘若那幅杰作已奠定了意大利画家的乔托式绘画语言基础，那么杜乔的玻璃窗彩绘则体现出一种更为模糊，却更具国际化视野的概念，这种概念也与乔瓦尼·皮萨诺的雕塑作品所表达的审美品位更为接近。

一个半世纪以后，斯卡拉圣玛利亚教堂里的湿壁画以一种更为现代的手法确立了锡耶纳画派的独立性。这座教堂除了具有针对锡耶纳市民的教化功能，对旅行者也颇具意义。早在13世纪末和14世纪的最初十年里，与主教座堂同期修建的市政厅已体现出教化民众的意愿。观众不可能不惊艳于安布罗吉奥·洛伦泽蒂（Ambrogio Lorenzetti）于二十年后创作的《好政府和坏政府的寓言》系列画作，那时的锡耶纳城已经达到人丁兴旺的顶点，周边的农村亦有序且繁荣。正是在这一时期，西蒙尼·马蒂尼（Simone Martini）也创作了他的《圣母像》（*Maestà*）。

在那些年里，锡耶纳社会的复杂程度和国际化程度远超我们的想象。新近从

主教座堂下方的地下室里发掘出的神秘的作品便是这一现象的证据。那是一处被遗忘的地方，在七个多世纪里，关于那里的记忆被删除了。如今，那里的新发现仍然未曾带来相应的研究，更未曾引发世人的惊叹。值得一观的有抹大拉的玛丽亚（Maddalena）的目光：她的目光投向基督的下腹部，那里覆盖着一层腰布，腰布上居然呈现出两个太阳的形象，而这两个形象同样也出现在先前那幅《犹大之吻》（*Bacio di Giuda*）里，出现在抹大拉的玛丽亚的胸腹部。这或许是对流传于法国南部的那个传闻的某种诠释？根据这则传闻，抹大拉的玛丽亚曾与圣母玛利亚一道，在耶稣于加尔瓦略山受难及复活后来到法国南部的桑泰斯-马里耶德拉-梅，且抹大拉的玛丽亚在那里生下救世主的儿子，这个孩子便是卡佩王朝的始祖！这则法国的传闻随着那些宣扬“自由之爱”的团体的兴起传播开来。这些团体在法国和雷诺河地区组织淫乱的宗教聚会，曾遭到教廷的严厉镇压。一面是与清洁派和阿尔比派相关的性恐惧群体，另一面则是那些毫无羞耻心的性乱群体……总之，这是一幅有待更深入研究的作品。

◀ 安布罗吉奥·洛伦泽蒂，《好政府和坏政府的寓言》系列画作之一，《好政府对城市的影响》（*Effetti del Buon Governo in città*），局部，1338—1339年，湿壁画，锡耶纳市政厅

其实，锡耶纳也有不那么压抑的一面。1503年，教宗庇护三世（Pio Ⅲ）授意在主教座堂里修建了皮科罗米尼（Piccolomini）藏书室。尽管他只担任了不到一个月的教宗，他却是极为博学的教宗庇护二世（Pio Ⅱ）——本名埃尼亚·西尔维奥（Enea Silvio，“当我还是埃尼亚时，无人认识我。如今我有了‘庇护’之名号，人人都唤我伯父”）——的侄子。在这座极为高雅的藏书室里，可以看到宾杜里乔在阿米科·阿斯佩蒂尼（Amico Aspertini）和年轻的拉斐尔的协助下创作的一系列壁画。此外，在被书柜环绕的藏书室的中央，还有一尊名为《美惠三女神》（*Tre Grazie*）的古代雕塑。这尊裸体雕塑是如此优雅，后来成了拉斐尔于1505年创作的那幅小型画作的模板。

锡耶纳极为诚挚地保留了赛马节的传统，每年夏天举办两次。这成为纪念这座城市的黄金年代及其中世纪文化的最为显著的标志。在欧洲各国的诸多历史节庆之中，锡耶纳赛马节是唯一一个并非以唤醒历史为宗旨的节日。在一年又一年里，赛马节始终是具有当代意义的大事。不错，该节庆的确有其古老的根源：需要穿上古代的服饰，吹奏古代的音乐，但节庆所展现的中世纪精神不是一种在当下被唤醒的过往，而是一种本就流传不朽的意蕴。

1 | 2

3

（图1）锡耶纳画派，《耶稣受难》（*Crocifissione*），局部，13世纪下半叶，湿壁画，锡耶纳主教座堂地下室

（图2）锡耶纳画派，《耶稣下葬》（*Deposizione*），13世纪下半叶，湿壁画，锡耶纳主教座堂地下室

（图3）锡耶纳主教座堂，皮科罗米尼藏书馆

游览指南

慢行细品

我们不想冒犯任何人——尤其是易怒的佛罗伦萨人，但我们仍然要说，锡耶纳人凭借他们的非常规艺术在托斯卡纳大区中脱颖而出，成了最具人情味的一个群体。在主教座堂地下室里，抹大拉的玛丽亚的目光是极其具有人情味的。两个世纪以后，多梅尼科·迪·巴托罗（Domenico di Bartolo）绘制的那幅《谦卑的圣母》（*Madonna dell'umiltà*）也展现了一幅极为温柔的场景：两位天使得知耶稣基督在结束少年时期后就将走上受难之路后露出关切的（甚至是忧心忡忡的）神情，而童子耶稣则是那样无忧无虑，他的一根手指含在口中，另一只手托着脚跟，圣母饱含深情地用自己的手托住了童子耶稣的另一只小脚丫。在那个年代里，此种展现人间情感的场面是十分鲜见的。同样值得关注的还有木板坦培拉画《圣女加大肋纳的神秘婚礼》（*Sposalizio mistico di santa Caterina*），画家米凯利诺·达·贝索佐（Michelino da Besozzo）超越了他对风靡各国的哥特风格的钟爱，赋予了圣安多尼（Sant'Antonio，小猪的主保圣人）以悲情的目光。画面上的小猪并不是通常的肉粉色，因而很可能是锡耶纳特有的黑猪。在这幅作品里，身为伦巴第人的米凯利诺并不是为了呈现当时的锡耶纳（因为他是直接前往锡耶纳美术馆的），而是让自身

► 米凯利诺·达·贝索佐，《圣女加大肋纳的神秘婚礼》（*Sposalizio mistico di santa Caterina*），约1420年，木板坦培拉，75cm×58cm，锡耶纳国立美术馆

与一个永恒的锡耶纳合二为一。至于多梅尼科·迪·巴托罗作品中的人性色彩，只要前往斯卡拉的圣玛利亚医院的朝圣者房间去看看那幅《治愈病患》（*La cura degli infermi*）就足够了。画面上的一切都在表达人的情感：痛苦、治疗。这种表达是具有现实主义色彩的：拖鞋摆在地上，狗让猫竖起了背毛。对于悲情的展现成为长久的主题。在后来的巴洛克时期，贝纳尔蒂诺·梅（Bernardino Mei）再次对同样的情感进行了呈现，他将17世纪的文化注入对薄伽丘文字的悲情解读中，绘制了吉斯蒙达（Ghismunda）的形象。画中的女子是坦克雷迪（Tancredi）的女儿，在自杀以前，她手中紧握着的是那颗被她嫉妒熏心的父亲从她的情人的胸膛挖出的心。

▶ 多梅尼科·迪·巴托罗，《治愈病患》（*La cura degli infermi*），局部，1440—1441年，湿壁画，锡耶纳，斯卡拉圣玛利亚医院，朝圣者房间

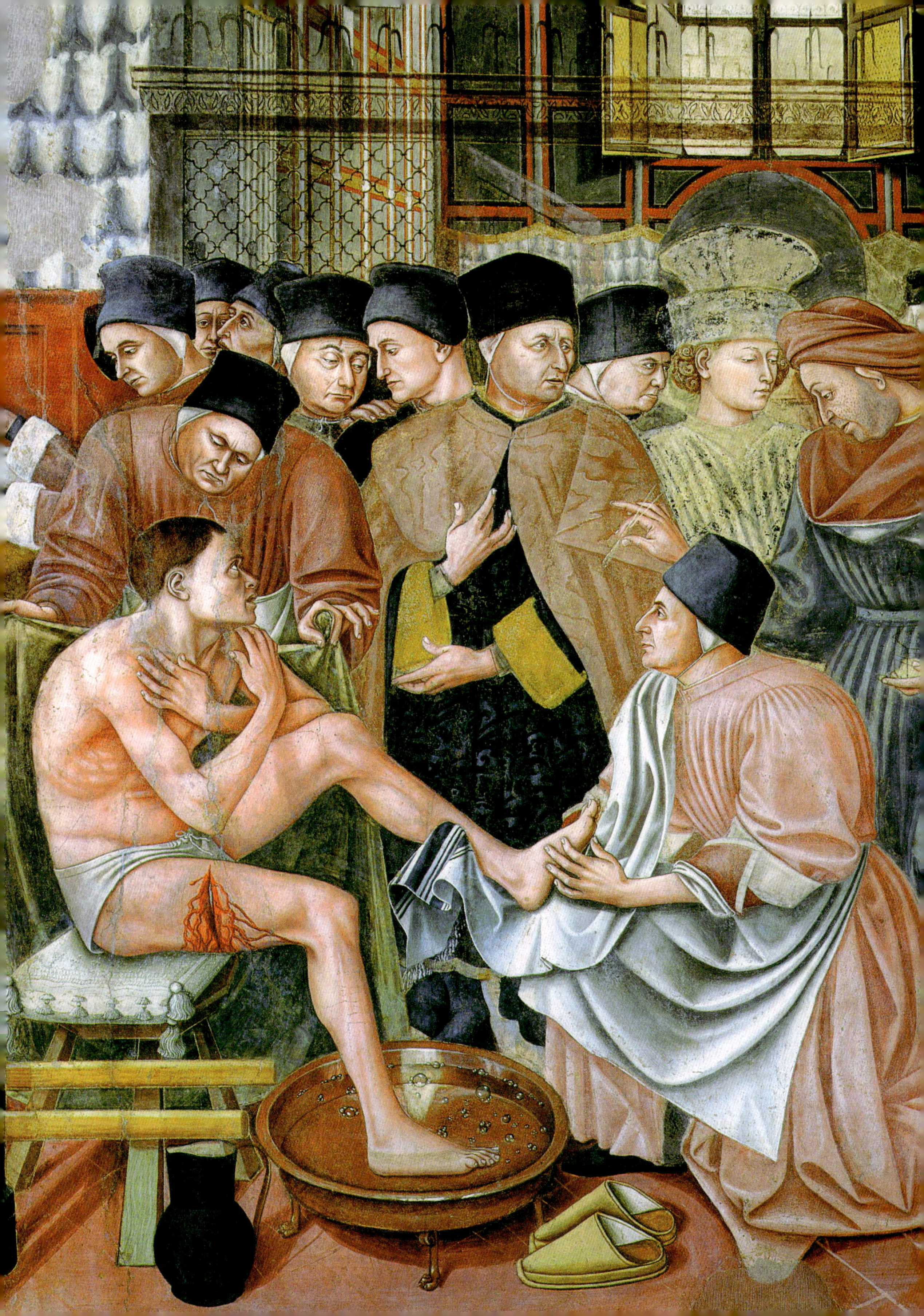

▲ 多梅尼科·迪·巴托罗，《治愈病患》（*La cura degli infermi*），局部，1440—1441年，湿壁画，锡耶纳斯卡拉圣玛利亚医院，朝圣者房间

► 贝纳尔蒂诺·梅，《吉斯蒙达》（*Ghismunda*），1650—1659年，布面油画，66.5cm×47.5cm，锡耶纳国立美术馆

RAPHAEL VRBINAS
M DIIII

布雷拉画廊（米兰）
——卢浮宫的姊妹

人们若是在参观布雷拉美术学院的丰富藏品时忘了这些藏品及这座美术学院诞生的历史，那着实是不应该的。在经历了米兰城区的多次历史变革之后，该学院才在那片区域落户。学院的名称来自它所在的“Braida”[1]区。中世纪时，那里是城市边缘的一片牧场，14世纪时被划入运河区，15世纪时被划入西班牙城墙区。在很长一段时间里，那里一直是屈辱者修会的修院所在地。该修会以贫穷主义为理想，成员有男有女，既有世俗百姓也有教廷人士，所有人都全身心投入劳作。早在12世纪初期，该修会就形成了一张以位于维博尔多尼的中央修院为核心的生产网络，其分支机构遍布整个伦巴第地区。由于该修会的纺织产业十分兴旺，带来了丰

[1] 法文，意为“葱郁的草地”。

◀ 拉斐尔·圣齐奥，《圣母的婚礼》（*Sposalizio della Vergine*），1504年，木板油画，170cm×118cm，米兰，布雷拉画廊

厚的资本积累，因此，该修会变得极其富有。据野史所述，特伦特大公会议结束后，生性严厉的卡洛·博罗梅奥年纪轻轻就成为枢机，并担任米兰主教。他采取了一系列极其严酷的举措，贯彻执行大公会议的决议。由于他禁止上演戏剧和举办节庆活动，屈辱者修会的纺织贸易遭到重创。三位修会成员意欲刺杀这位主教，在主教祷告时用火绳枪击中了他。然而，这一枪却没能让主教毙命；相反，他奇迹般地康复，后来还成了他被封圣的证据。至于那三位刺杀者，则被西班牙人的法庭逮捕并正法了。刺杀事件发生后，博罗梅奥借机将屈辱者修会赶出了布雷拉区，等待教宗庇护五世（Pio V）将其解散。

布雷拉的建筑被清空后，博罗梅奥主教借花献佛，将其赐予成立不久的耶稣

▼ 布雷拉庭院初期，皇家科学学院与美术学院的所在地

会。耶稣会士在那里创办了神学院和学校，还对其中一幢楼宇进行了大力整修。翻修工作由弗朗切斯科·马利亚·里奇尼主持，但他没能等到该工程完工的那一日。米兰的公共工程常常一拖再拖，此项工程也是在17世纪末才被批准开工的。在那个世纪里，布雷拉一直是一个科学培养基地。学者们在这里的植物园里持续开展草药研究。此外，关于历史、思想史和科学的研究也在同步前进。18世纪中期，这里甚至还创建了一座天文观象台。鲁杰罗·朱塞佩·博斯科维奇（Ruggero Giuseppe Boscovich）是一位达尔马提亚数学家，他出生在拉古萨海上共和国，母亲是贝尔加莫人。当年，一尊镀金圣母雕像被置于米兰主教座堂屋顶上最高的尖塔塔顶，这项工程的数据计算就是由他完成的。早在1773年，耶稣会就已被奥地利的玛丽亚·特蕾莎镇压，因此，鲁杰罗·朱塞佩·博斯科维奇是以被驱逐的耶稣会士的身份完成这一奇迹的。由于财富过剩，屈辱者修会遭到了解散；由于权力过大，耶稣会士也遭到了驱逐。从此之后，布雷拉的艺术生涯才正式开启。

在这一过程中，奥地利帝国的全权代表卡尔·约瑟夫·冯·菲尔米安（Karl Joseph von Firmian）伯爵功不可没。他于1759年至1782年执政米兰，直至去世。伯爵是一位狂热的藏书爱好者（留下了足足四万部藏书），也热爱各种艺术。在布雷拉转变为宫廷学校（后来成为公共学校）的过程中，他扮演了主角。1791年，菲尔米安的友人、受其庇护的朱塞佩·帕里尼（Giuseppe Parini）担任了这所学校的负责人。于是，人们将此事归功于奥地利女皇玛丽亚·特蕾莎的高瞻远瞩和改革精神，称颂她改变了布雷拉区的命运走向。不错，确实是她在一个信奉天主教的帝国里做出了决定，将葡萄牙蓬巴尔侯爵早先提出的想法真正付诸实施——1758年，这位侯爵曾以若泽一世（Giuseppe Ⅰ Emanuele di Braganza）的大臣的身份，指控耶稣会试图谋害国王（居然每一次指控都与谋杀有关），并从教宗那里获得许可，没收了耶稣会的财产。1761年，路易十五统治下的法国依样效仿；五年后，西班牙的卡洛斯三世（Carlo Ⅲ）也采取了同样的政策。耶稣会士被逐出了西班牙，也被逐出了那不勒斯。1773年，教宗克雷芒十四世宣布解散了该修会，其残余组织只在信奉新教的普鲁士和信奉东正教的俄罗斯得到宽容。

▼ 安德里亚·阿皮亚尼，《身着首席执政官制服的拿破仑·波拿巴肖像》（*Ritatto di Napoleone Bonaparte nelle vesti di primo console*），1803年，布面油画，100cm × 70cm，贝拉焦，梅尔齐别墅，加拉拉蒂-斯科蒂收藏

▼ 圭多·卡尼亚齐，《克利奥帕特拉之死》（*Morte di Cleopatra*），1660—1663年，布面油画，120cm×158cm，米兰，布雷拉画廊

如此，布雷拉于1773年扭转了命运，变成了帝国的官方图书馆。被纳入其中的，有佩尔图萨迪（Pertusati）基金的收藏，有来自耶稣会内部的收藏，还有来自圣斐德里堂和圣热罗尼莫堂的收藏。布雷拉的裁缝车间变成了目前的图书馆大厅。1776年，玛丽亚·特蕾莎女皇通过其全权代表卡尔·约瑟夫·冯·菲尔米安在这里创办了美术学院。当年仅22岁的年轻艺术家安德里亚·阿皮亚尼（Andrea Appiani）将成为美术学院的主角。那时，他还未曾开始他的朝拜之旅，前往意大利去寻找古迹。后来，当他成为执政官拿破仑最为青睐的新古典主义画家时，他完成了这一旅程。最新研究结果显示，安德里亚·阿皮亚尼并不是出生在米兰，而是与朱塞佩·帕里尼一样，出生在普夏诺湖畔，莱科附近的博西肖。这一点可以更好地解释为何身为画家的阿皮亚尼和身为作家的帕里尼会在布雷拉建立友情。可以确定的是，阿皮亚尼参与了当时的共济会组织——米兰的康卡迪亚会所。该组织源于维也纳的共济会，年轻的莫扎特也是其中的成员。18世纪70年代初，15岁的莫扎特曾造访米兰，并在书信中称米兰是全欧洲最为活跃的音乐之都。同样是在那个年代，大公国新剧院的建设也已开工。总建筑师朱塞佩·皮埃尔马里尼（Giuseppe Piermarini）曾于1773年被委托为玛丽亚·特蕾莎之子——奥地利哈布斯堡王朝的斐迪南大公修建位于米兰的宫殿。1776年，他拆除了斯卡拉的圣玛利亚大公教堂，在原址修建大公国新剧院。原先收藏于这座教堂里的画作大多被转移至布雷拉，成为布雷拉美术学院最初的藏品，而朱塞佩·皮埃尔马里尼也亲自担任建筑系的讲席教师。自那时起，布雷拉就成为一座为教学服务的博物馆，为绘画、湿壁画和建筑学的研究助力。

1796年，法国人到来，赶走了奥地利人，也掀起了雅各宾派的革命风潮。1797年，身为将军的拿破仑在博洛尼亚依照法兰西学院的模式建立了阿尔卑斯山南共和国国立学院。自1802年起，亚历山德罗·伏打（Alessandro Volta）担任院长。1810年，已经登上帝位的拿破仑下令将这所新建的学院也搬迁至布雷拉。如此一来，布雷拉区就成了一处堪与巴黎各大学院和卢浮宫比肩的真正的文化中心。倘若我们可以“以小比大”的话，那么这座博物馆的成长是显而易见的。尽管拿破仑将其掠夺的大部分艺术品都带去了巴黎，布雷拉却有幸收藏了大量来自处于法军控制之下的地区（如最初的米兰、威尼斯和后来的亚得里亚海沿岸地区）的作品。至于将那些作品置于何处，其决定权并非总是集中于某个人手里。政治局势的变化往往会影响那些作品的去处。拉斐尔著名的祭坛画《圣母的婚礼》（*Sposalizio della Vergine*）便是一个典型的例子：画作的诞生之地是卡斯泰洛城的圣方济各教堂，1789年，在雅各宾派将军朱塞佩·莱希（Giuseppe Lechi）的勒索下，卡斯泰洛城的市政府将画作赠予了他，他随后将其卖给了商人桑那扎里（Sannazzari）。桑那扎里临去世前将这幅画留给了米兰综合医院。最后，拿破仑的继子，时任意大利总督欧仁·德·博阿尔内（Eugène de Beauharnais）购入了这幅画，将其置于布雷拉美术学院。

当拿破仑用征收来的艺术品去丰富布雷拉的馆藏时，他的操作是相当有选择性的。因为在很长一段时间里，建筑、透视和绘画一直是这所新创办的博物馆的核心主题。其中一些高品质的艺术品就来自米兰本地。例如，枢机主教塞萨雷·蒙蒂（Cesare Monti）的收藏就是被强行转移至布雷拉的。此人是费德里科·博罗梅奥的继任者和堂兄弟，于1632年至1650年执掌米兰教区。拿破仑倒台后，奥地利帝国复辟，其统治氛围并不像后来意大利统一运动时期的史学家描写的那般严苛。美术学院成为美学教育中心和市民的教化中心，也成为孕育民族复兴运动的策源地：弗朗切斯科·海耶兹（Francesco Hayez）在此反思意大利在“米兰五日”事件后所遭遇的不幸；在他的领导下，年轻的革命者吉洛拉莫·因杜诺（Gerolamo Induno）参加了“米兰五日”暴动，随后又加入了于1849年成立的短命的罗马共和国。弗朗切斯科·海耶兹继续推进藏品的购入，他成功地说服了奥地利政府将那幅由圭多·卡尼亚齐（Guido Cagnacci）在维也纳为利奥波德一世创作的《克利奥帕特拉之死》（*Morte di Cleopatra*）转运至米兰。后来，这幅画成为海耶兹那幅反奥地利政权的画作（他笔下的痛苦的少女手握着一本名为《意大利史——18世纪》的书）的灵感来源。此外，当米兰刚刚被并入撒丁王国时，海耶兹又说服国王购置了由洛伦佐·洛托（Lorenzo Lotto）绘制的费伯·达·布雷西亚（Febo da Brescia）及其

▲ 翁贝托·博丘尼，《画廊里的骚乱》（*Rissa in galleria*），布面油画，74cm × 64cm，米兰，布雷拉画廊

妻子劳拉（Laura）的肖像，并将其赠予学院画廊。当年的意大利极其渴望国家统一，所以，自拿破仑三世在索尔费里诺战役中取胜，那尊由卡诺瓦在半个世纪以前创作的拿破仑青铜雕像就被放置在博物馆庭院的中央，相应的大理石雕塑则在伦敦落脚。这就是布雷拉画廊里的教学藏品，其收藏格局与意大利别处的美术馆存在明显差异：那些博物馆的馆藏大多来自王公贵族的遗产，也常常成为斯卡拉剧院布景变化的依据。

20世纪，博物馆仍在继续购入作品，这得益于慷慨的米兰市民成立的布雷拉友好协会。这或许是依靠市民参与来资助公共博物馆的最初几家机构之一。1939年，通过一次公开募捐，卡拉瓦乔的《以马忤斯的晚餐》（*Cena in Emmaus*）被赠予博物馆。与此同时，修复后的斯福尔扎城堡博物馆诞生，一部分非画作藏品涌入了那里，包括中世纪文献、手工装饰品、古埃及系列藏品、考古发掘系列藏品等。20世纪30年代，建筑学教育被转移至米兰理工大学新建的建筑系，布雷拉美术学院从此专攻艺术。自那时起，布雷拉就变成了一个兼容并包之所，既是博物馆，也是教学机构，既是高中的所在地，也是1924年成立的米兰国立大学理工科院系的所在地。不过，布雷拉的博物馆一直是米兰人心中的关注点；布雷拉友好协会仍在继续开展工作；布雷拉的藏品也在不断丰富。例如，艺术评论家和收藏家兰贝托·维塔利（Lamberto Vitali）与他的友人埃米利奥·杰西（Emilio Jesi）和玛丽亚·杰西（Maria Jesi）夫妇就将各自遗留的藏品赠予了布雷拉博物馆。他和友人一道同意将藏品纳入20世纪的艺术品，包括翁贝托·博丘尼（Umberto Boccioni）的《画廊里的骚乱》（*Rissa in galleria*），以及乔治·莫兰迪和马里诺·马里尼（Marino Marini）的诸多杰作。

游览指南

建筑教学

与所有那些有着复杂发展史的博物馆类似，布雷拉画廊也为参观者提供了多种路径选择。毫无疑问，最为引人入胜的，还是那条能够体现藏品教学功能的路径。对于细心的参观者而言，一条备选路径便是去发现19世纪初这座博物馆在进行画作藏品甄选时的动机：《发现圣马可的遗体》（*Ritrovamento del corpo di san Marco*）中的建筑透视便是一个极好的例子。

◄ 丁托列托（原名雅各布·罗布斯蒂），《发现圣马可的遗体》（*Ritrovamento del corpo di san Marco*），局部，1562—1566年，布面油画，396cm×400cm，米兰，布雷拉画廊

► 奥拉齐奥·詹蒂莱斯基，《天使拜访殉道圣人圣则济利亚、瓦莱里亚诺和蒂武西奥》（*I santi martiri Cecilia, Valeriano e Tiburzio visitati dall'angelo*），1607年，布面油画，350cm×218cm，米兰，布雷拉画廊

▲ 埃尔科莱·德·罗伯蒂，《波尔图的祭坛画》（*Pala portuense*），1481年，木板油画，324cm×240cm，米兰，布雷拉画廊

▲ 皮耶罗·德拉·弗朗切斯卡，《蒙特费尔特罗的祭坛画》（*Pala Montefeltro*），1472年，木板坦培拉油画混合技法，248cm×170cm，米兰，布雷拉画廊

▲ 维托雷·卡巴乔，《在犹太公会与众长老辩论的圣斯德望》（*Disputa di santo Stefano tra i Dottori nel Sinedrio*），局部，1514年，布面油画，147cm×172cm，米兰，布雷拉画廊

同样出色的还有奥拉齐奥·真蒂莱斯基（Orazio Gentileschi）所作的《圣塞西利亚的幻象》（*Visione di santa Cecilia*）中管风琴风管构成的透视灭线；乔瓦尼·贝利尼（Giovanni Bellini）和真蒂莱·贝利尼（Gentile Bellini）所作的《圣马可在亚历山大布道》（*Predica di san Marco in una piazza di Alessandria*）里对于建筑的典范式描绘；更不用说安德烈·曼特尼亚（Andrea Mantegna）在那幅《死去的基督》（*Cristo morto*）中所呈现的望远镜透视视角了。1803年，新古典派画家和文人朱塞佩·博西（Giuseppe Bossi）担任布雷拉美术学院章程的起草人，他曾将这幅画作置于自己的书房，后来又留给了布雷拉美术学院。

▲ 安德烈·曼特尼亚，《死去的基督》（*Cristo morto*），约1475—1478年，布面坦培拉，68cm×81cm，米兰，布雷拉画廊

▲ 詹蒂莱·贝利尼和乔瓦尼·贝利尼，《圣马可在亚历山大布道》（*Predica di san Marco in una piazza di Alessandria*），1504—1507年，布面油画，347cm×770cm，米兰，布雷拉画廊

威尼斯学院美术馆（威尼斯）
——日不落强国

又一次，我们要将大部分罪过归于拿破仑·波拿巴。就意大利的艺术品而言，拿破仑是名副其实的抢掠者。然而，谈到这些作品的教化作用，他同样是一个值得尊重的人。瞧，他占领了威尼斯，把这座城市洗劫一空，将所有的杰作都带去了巴黎和米兰。不过，与此同时，他也尝试在这里建立一所全新的绘画学院。这所学院于18世纪中叶正式成立。1807年，它有幸从简陋的面粉仓库被搬迁至圣马可广场旁那座相当舒适的圣玛利亚慈善修院——自从拉特兰圣职修会被镇压后，那里就一直被闲置着。

在拿破仑帝国时期，威尼斯美术学院的功能与米兰布雷拉美术学院以及更加古老的博洛尼亚克雷芒学院的功能是类似的。布雷拉美院设在被玛利亚·特蕾莎镇

◀ 提香·韦切利奥，《圣母入圣殿》（*Presentazione della Vergine al Tempio*），局部，1534—1538年，布面坦培拉，335cm×775cm，威尼斯学院美术馆

压的耶稣会修院内；1706年由教宗克雷芒十一世创办的克雷芒学院也是在另一处耶稣会的修院内变成了美术学院——早在拿破仑入侵以前，那一处修院就被罗马教廷镇压了。如同米兰和博洛尼亚的那两所美院，威尼斯的这所学院也以透视学和装饰学为主要教学内容，其宗旨不仅是培养画家，更是培养建筑设计师。

自共和国肇始，威尼斯就不曾拥有一座博物馆。它并没有这样的需求，因为整座城市就是一座博物馆。城里有数不尽的教堂，收藏着数不尽的画作；教堂附近有各种各样的学校，为共和国培养贵族和平民；公爵府自身就是一座具有强大舞台效果的建筑。所以说，威尼斯的一切都是绘画教材。这座城市是艺术家们的创造力之源。这里的艺术家们往往有着很强大的势力，其中一些——如提香和委罗内塞

▲ 卡纳莱托（又名乔瓦尼·安东尼奥·卡纳尔），《威尼斯，圣维达理堂广场和圣玛利亚慈善教堂，石匠庭院》（*Venezia, Campo S. Vidal e Santa Maria della Carità, Cortile dello scalpellino*），约1725年，布面油画，123.8cm × 162.9cm，伦敦，英国国家美术馆

（Paolo Veronese）——在经济上也相当富有。只有丁托列托的收入不高，这或许是他古怪的性格所造成的。在为果园圣母堂绘制大幅画布油画作品时，丁托列托除了要求委托人提供画布、颜料和用于提神的葡萄酒，只要求了一份非常微薄的薪酬。正因如此，他在去世后获得了在这座教堂安葬的殊荣。在威尼斯，绘画只是一种谋生手段，这一点从提香的做派就能看出来。他出生于一个以经营卡多列木材维生的相当富有的家族，因此天生就非常关注我们今天所说的“营业额”。关于这一特点，保存于威尼斯学院美术馆的那幅油画《圣母入圣殿》便是佐证。1534年至1538年设计的初稿规模原本只打算跨越画作右侧大台阶下方的一扇门。后来，当修院向提香（当时已获查理五世赐封的伯爵头衔）提出要求，请他扩大画面，令其也能跨越画作左下方的那扇门时，提香回答说并无不可，但前提是修院需自行承担这一修改费用——倘若他们认可这笔资金投入的价值。关于上述问题的往来信件至今仍保存在学院的档案馆里，这让博物馆本身也成为一处迷人的历史圣地。

19世纪初，威尼斯第一座真正意义上的博物馆诞生了——有人说这是一种掠夺，也有人认为这是一种政治举措。因为在那一刻之前，共和国从不曾有过类似需求，让某种公共机构来保存或展陈其藏品。在此以前，艺术品创作的主要委托方不是共和国的最高政权机构——公爵府，就是各级教廷。在这样一个格外繁盛的共和国里，高品质的艺术品是大有用武之地的，与其说是为了供岛上居民欣赏，不若说是为了让来自全世界的使节感到震撼。除此以外，城国里的贵族家庭也会委托艺术家进行创作，去美化他们在城市里的豪华居所，或是位于其领地内的其他别墅。毫无疑问，威尼斯人青睐湿壁画胜过油画，这是因为房屋的主人们都很担心可移动的物件被盗。因此，在从一处居所搬往另一处居所时，他们会不厌其烦地将各种大小物件随身携带，或是乘船（倘若是前往布伦塔河），或是驾车（倘若是前往特拉利奥大街），搬来搬去，包括银器、餐具、来自穆拉诺工坊的钩针编织品、床上用品以及来自东方的地毯，如此等等——上述物件频繁地出现于各种画作之中。

▲ 吕埃-马尔梅松，马尔梅松城堡，拿破仑藏书馆，约1800年，摄影

▶ 威尼斯，圣玛利亚慈善教堂，安德烈·帕拉迪欧设计的圣器收藏室

就这样，当帝国无可奈何地步入黄昏阶段，美术学院就成了它的第一所博物馆。今天，由国家运营的博物馆联盟包括黄金宫、东方艺术博物馆、国立考古博物馆。市立博物馆则包括公爵府博物馆、科雷尔博物馆、雷佐尼科博物馆〔某些房间至今还摆放着安德烈·布鲁斯托隆（Andrea Brustolon）制作的家具，散发出那个时代的馨香〕、佩萨罗博物馆（该馆保存有近期画作的所有文档信息）、莫契尼戈宫博物馆（有着原汁原味的装饰和气息）。此外，威尼斯还有一些大型私立博物馆机构，最重要的当数奇尼基金会（Fondazione Cini）及其下辖的两处博物馆。上文中列出的仅是部分博物馆的名称清单，参观者无论前往何处，总有精美的装饰、天顶画作及展陈物件相伴相随。

不过，学院美术馆始终处于最核心的地位。它的庭院由帕拉第奥设计建造，是第一处维特鲁威式古典风格的集大成者。此外，新近重新对参观者开放的圣器收藏室亦是一处小巧精致的建筑，曾是法国皇家建筑师皮埃尔–弗朗索瓦–莱昂纳尔·方丹（Pierre-François-Léonard Fantaine）和夏尔·佩西耶（Charles Percier）——两者都曾在巴黎和意大利学习——为马尔梅松城堡进行室内设计时的重要参考对象。马尔梅松城堡是拿破仑的发妻约瑟芬的居所。她的儿子欧仁·德·博阿尔内（Eugenio di Beauharnais）后来成为威尼斯亲王和意大利王国的总督。正如法国人所说，历史总是“环环相扣”的。

1815年维也纳会议结束后，威尼斯和伦巴第都成了奥地利帝国的领地。其实，早在一个世纪以前，伦巴第就已处于奥地利帝国统治之下，在法律（“特蕾莎地籍登记体系”或许是这一领域最为重要的遗存成果）和经济（兴建斯卡拉歌剧院、米兰王宫、蒙扎王室别墅）方面均得到了相当高的重视。威尼托地区则是维罗纳堡垒周围的战略中心。海运重镇由威尼斯的潟湖转移至的里雅斯特——该城的规模显著扩张。无论是透纳（Turner）的旅行，还是海耶兹逃往米兰之举，都说明这座城市已日渐衰落。列奥波德·齐科尼亚拉（Leopoldo Cicognara）伯爵曾短暂地掌管美术学院。这位在罗马成长起来的费拉拉人后来成了一位严谨的艺术史学家，并被任命为阿尔卑斯山南共和国的首相。他先是向拿破仑进献了他的《关于美的探讨》（*Del Bello. Ragionamenti*），接着又撰写了《意大利民族复兴运动至拿破仑时期的雕塑史》（*Storia della scultura dal suo risorgimento in Italia sino al secolo di Napoleone*）。后来，他很快向奥地利臣服，将创作于1818年的第三部作品《威尼托地区向奥地利皇后陛下的献礼》（*Omaggio delle province venete alla Maestà Augusta imperatrice d’Austria*）进献给皇帝弗兰茨二世的妻子。随后，由于他发表了一些对哈布斯堡家族统治不利的言论，只好辗转于罗马和比萨，并成为纽约绘画学校的荣誉院士。威尼斯人大举向外地迁徙的时代开始了。与此同时，经济利益也逐渐转移至的里雅斯特，那里是维也纳的天然港口。帕斯夸莱·雷沃尔泰拉（Pasquale Revoltella）的职业生涯见证了这一过程。此人出生于威尼斯，于20世纪

30年代前往的里雅斯特创办了忠意保险公司，并以象征威尼斯的飞狮作为公司的徽章标志。1853年，在劳埃德军舰修造厂成立期间，他加入了的里雅斯特的劳埃德公司。劳埃德军舰修造厂是当时最大的造船厂，也是货物仓储基地，完全取代了原先的威尼斯造船厂。1848年至1849年暴动期间，威尼斯再度苏醒，成立了短命的圣马可共和国，随后便彻底衰败了。那时的歌曲这样唱道："带着常日的忧伤，我看着你，流下眼泪，我的威尼斯！疾病肆虐，饥饿横行，甲板上飘着的，是白色的旗！"1861年，小安德烈·阿皮亚尼（Andrea Appiani, Jr.）创作了他的最后一幅画作《希望中的威尼斯》（*Venezia che spera*）。后来，威尼斯再度成为意大利的领土，获得了新生：玻璃加工厂的炉膛重新燃起（此前，为了避免商业竞争，拿破仑曾强行关闭了威尼斯的玻璃加工厂），又一次带来了希望之光。威尼斯美术学院也迎来了复兴，通过购置和捐赠获得了全新的藏品。

起初，威尼斯美术学院是一所因政治因素而创建的博物馆。随着时光的流逝，该机构见证了威尼斯城的所有历史变迁。如今，该学院在文物整饬和修复领域享有盛誉。从这座处于核心地位的博物馆出发，参观者便可逐渐了解威尼斯的庞大博物馆体系。

游览指南

对社会生活的颂扬

今天的威尼斯居民很少，游客很多——更确切地说，是居民太少，游客太多。美术学院的参观者则可利用漫步于博物馆的机会尝试去探寻当年那个威尼斯居民遍布的城市。那时的街道、广场、宫殿和普通民宅都曾出现在皮耶特罗·隆吉（Pietro Longhi）的小幅油画作品里，画面上尽是专注于音乐或玉米粥的饮食男女。从这个意义来说，维托雷·卡巴乔（Vittore Carpaccio）以圣乌尔苏拉（Sant' Orsola）为题创作的一系列作品倒是见证了威尼斯当年的勃勃生机，令人不禁浮想联翩：那时的威尼斯是欧洲最活跃的外交中心，它派往世界各地的使节会定期向总督的政务厅提交通报。直到今天，这些文献仍然保留在市政府的档案馆里，构成了探寻欧洲政治秘密的宝贵资料来源。参观者倘若没能被维托雷·卡巴乔的笔触说服，还可前去看一看乔瓦尼·曼苏埃提（Giovanni Mansueti）的作品和委罗内塞笔下盛大的晚宴。鉴于整座威尼斯城就是一座博物馆，有勇气步行游览的参观者还可前去探寻一些其他能够体现这座城市往昔活力的佐证。参观者将会在那座游人与鸽子遍布的圣马可广场发现雅各布·桑索维诺（Jacopo Sansovino）设计的小敞廊，那是委罗内塞的许多画作的灵感来源。

▶ 皮耶特罗·隆吉，《小型音乐会》（*Il concertino*），局部，1741年，布面油画，60cm×48cm，威尼斯学院美术馆

乔瓦尼·曼苏埃提，《圣马可生平要事》（Episodi della vita di san Marco），局部，约1525—1527年，布面油画，376cm×612cm，威尼斯学院美术馆

▲ 维托雷·卡巴乔，《圣乌尔苏拉的故事：使节归国》（*Storie di sant' Orsola: Ritorno in patria degli ambasciatori*），局部，1490—1495年，布面油画，297cm×526cm，威尼斯学院美术馆

◄ 皮耶特罗·隆吉，《草药店》（*La bottega dello speziale*），局部，约1750年，布面油画，59cm×47cm，威尼斯学院美术馆

▲ 保罗·委罗内塞（原名保罗·卡利亚里），《列维家宴》（*Convito in casa di Levi*），1573年，布面油画，555cm×1280cm，威尼斯学院美术馆

▲ 雅各布·桑索维诺，威尼斯圣马可钟楼下的小敞廊，1537—1546年

◄ 维托雷·卡巴乔，《里阿尔托桥的十字架奇迹》（*Miracolo della reliquia della Croce al Ponte di Rialto*），局部，约1496年，布面坦培拉，365cm×389cm，威尼斯学院美术馆

那不勒斯国家考古博物馆（那不勒斯）

——朝至那不勒斯，夕死可矣

少年国王费迪南多四世出生于1751年1月12日，全名叫费迪南多·安东尼奥·帕斯夸莱·乔瓦尼·奈波姆切诺·塞拉菲诺·热纳罗·贝内德托（Ferdinando Antonio Pasquale Giovanni Nepomuceno Serafino Gennaro Benedetto）。他的母亲是德意志人，而父亲则是以那不勒斯方言为主要语言的半个法国人和半个帕尔马人。意大利统一后，持有皮埃蒙特视角的编史工作总是试图将这位国王归于玩物丧志的傀儡之列——他热衷于捕杀野猪，也热衷于追求农村少女。他的母亲是萨克森的玛丽亚·阿玛利亚（Maria Amalia），而外曾祖父——“强力王”奥古斯特二世——则是萨克森的一个幸运的选帝侯：由于他由原先信仰的路德新教改信了天主教，才有机会登上波兰的王位，为自己信仰天主教的后代留下机会，能够与几位笃信天主

◄ 古罗马艺术，斯塔比亚，《春》（*La primavera*），又称《花神》（*Flora*），15—45年，湿壁画，那不勒斯国家考古博物馆

教的西班牙国王的子嗣缔结姻亲。他的父亲——波旁王朝的卡洛斯三世——是费利佩五世之子，而费利佩五世则因为是“太阳王”（法国国王路易十四）的孙子而有幸成为西班牙的国王。

说到费迪南多四世的德意志外祖父，他人生中的最大幸事莫过于曾庇护过一个古怪的炼金术士：约翰·弗里德里希·博格尔（Johann Friedrich Böttger）。此人获得了资助，在迈森城堡的阁楼里闭门不出，于1708年发现了烧制瓷器的秘方。在那个年代，瓷器价值高，堪称“白色的金子”。不像原先用陶土烧制的盘子，用过不久便会透水，这种新型材料既耐用又卫生，因而备受欢迎。同样幸运的还有这位选帝侯所在的家族：这种新材料迅速占领了欧洲市场，与英国人和荷兰人的印度公司所售卖的中国瓷器难分高下。由于费迪南多四世的母亲也有权从她的家族获得该材料的生产配方，她便说服丈夫于1743年在刚刚完工的卡波迪蒙特王宫里开设了一家瓷器工厂。

埃马努埃尔·莫里斯·德·吉斯–洛林（Emmanuel Maurice de Guise-Lorraine）出生于洛林世族的一个旁系家族，15世纪初，该家族便迁到了诺曼底。这位古怪的贵族也有过一项伟大的发现。毫无疑问，他是一个幸运的人，于1677年出生，1763年逝世。在八十六年的人生历程中，他见过了命运的各种脸色。作为埃尔伯夫[1]公爵的儿子，他于1706年离开了出生地法国，前往维也纳效力于约瑟夫一世。后来，已处于高龄、容颜老去的路易十四将他以叛逃罪论处：他仿造戏剧中的正法情节，对此人的雕像实施了绞刑。对于这位年轻小伙子来说，这可不是一桩小事。不过，他幸运地获得了奥地利哈布斯堡家族的派遣，以皇家骑兵队少将的身份去了那不勒斯，负责监视西班牙军队的一举一动——他们正在那里观望西班牙的最后一位哈布斯堡家族成员卡洛斯二世（Carlo Ⅱ，人称“着魔者”，这一说法其实不无道理）去世后的王位继承情况。在这一时期，埃马努埃尔·莫里斯爱上了那不勒斯的海岸，并命人在波蒂奇修建了一座宅邸：因为有人告诉他，说在那一片区域，只

[1] 地名，位于塞纳河入海口附近。

▲ 安东·拉斐尔·门斯，《两西西里国王、波旁王朝的费迪南多四世九岁时的肖像》（*Ritratto di Ferdinando IV di Borbone, re delle Due Sicilie, a nove anni*），1759年，布面油画，180cm×126cm，那不勒斯，卡波迪蒙特博物馆

要稍加留意，就能轻易挖出古代的大理石柱。他的确找到了一切：柱子、大理石、雕塑……他大开眼界，将其中的一些寄给了法国和奥地利帝国的友人。于是，埃尔科拉诺开始得到世人的关注。1734年，波旁王朝的卡洛斯三世终于登上了西班牙王位，他决定从这个法国人手中买下那片被挖掘的区域，开始进行系统的研究。同样是在那些年里，这位新任国王决定在波蒂奇修建自己的别墅。1738年，他派出了另外一位工程师军官去镇守那不勒斯。这便是西班牙人罗克·华金·德·阿尔库比埃尔（Roque Joaquín de Alcubierre），他的任务是监督别墅的修建工程。与此同时，他从国王那里获得了继续发掘埃尔科拉诺遗址的许可。十年以后，也正是他开启了庞贝遗址的发掘工程。

对于年轻的那不勒斯国王而言，这些古迹的挖掘具有双重作用。一方面，通过售卖部分出土文物，可以充盈国库；另一方面，这些文物可以丰富卡洛斯三世的

▲ 在埃尔科拉诺的阿耳戈之家廊柱庭院里的挖掘现场

既有考古收藏——那些藏品来自他母亲的家族。他的母亲是法尔内塞家族的最后一位成员，拥有该家族在帕尔马和罗马的藏品。其中，罗马的藏品来自法尔内塞家族的教宗保罗三世于16世纪主持的考古发掘。

1766年，费迪南多的祖母埃丽莎贝塔·法尔内塞（Elisabetta Farnese）去世。她是一位泼辣的女子，以费利佩五世（出生于法国的凡尔赛）之妻的身份在西班牙宫廷里扮演王后的角色。伊莎贝尔是法尔内塞家族的最后一位女公爵，有一半帕尔马血统和一半德意志血统。她的母亲是富有且果决的巴伐利亚纽伦堡公主——普法尔茨的多萝西娅·索菲（Dorothea Sophie）。由于伊莎贝尔·法尔内塞没有波旁家族之外的继承人，既然儿子卡洛斯已于1759年做回了西班牙的国王，其巨大的收藏遗产就由孙子费迪南多继承。几年以前，一部分藏品已经得到了转移，不过，藏品的整体搬迁是在1788年才完成的。就这样，来自罗马考古发掘的文物以一种非同寻

▲ 安吉莉卡·考夫曼，《费迪南多四世的家族肖像》（*Ritratto della famiglia di Ferdinando Ⅳ*），1782年，布面油画，310cm×426cm，那不勒斯，卡波迪蒙特博物馆

◀ 古罗马艺术，《法尔内塞天球仪》（*Atlante Farnese*），公元2世纪，大理石，高191cm，那不勒斯国家考古博物馆

常的方式与当时那些在那不勒斯的考古发掘中持续出土的文物融为一体。一些最具装饰性的雕塑被暂时安置在王室位于城内的别墅花园里。日积月累，所有这些文物都在寻找它们的命运之所。

1777年起，这条通往命运之所的道路逐渐开启。当时，波旁王室博物馆成立，地点位于王宫——直到1766年耶稣会士被逐出王国，那座楼宇才改变名称。那是欧洲大陆上诞生的第一座现代博物馆，从某种程度上也可被视作波旁家族对城市改革作出的贡献。圣卡洛歌剧院诞生于1737年：其设计者是出生于夏卡的西西里人乔瓦尼·安东尼奥·梅德拉诺（Giovanni Antonio Medrano）。此人曾参与城中王宫的改造，而剧院与王宫则是彼此紧贴着的。一年以后，卡波迪蒙特王宫开始施工。1749年，由费迪南多·富加（Ferdinando Fuga）主持的那不勒斯济贫院动工，同期动工的还有位于巴勒莫的一处类似的建筑。与此同时，那不勒斯的凡尔赛宫——卡塞塔王宫正在建设。根据当时盛行的重农主义思潮（该理论认为国家财富的积累取

▲ 那不勒斯的济贫院，19世纪，水粉画，私人收藏

▲ 弗朗切斯科·科莱奇尼，卡尔迪泰洛王室庄园或王宫，18世纪，圣塔姆马罗

▲ 费迪南多·富加，那不勒斯，卡波迪蒙特王宫，1743年，面朝花园的正立面

决于其农业生产能力，而非仅仅取决于纺织业和商业），在离该王宫仅有一步之遥的地方，又建起了卡尔迪泰洛王室庄园，用作畜牧中心和新农业试验基地。全世界的人都应感谢卡尔迪泰洛王室庄园，因为圣马尔扎诺番茄、压面机和马苏里拉奶酪都是在这里产生的。1778年，生产丝绸的圣莱乌乔“营地式工厂”成立，这是一种具有先锋色彩的实验：该厂的工人们就住在工厂附近的宿舍里。

将藏品置于一处特殊的场地，供公众享用——这种想法与上述政策有着相同的视角。费迪南多·富加是第一位设计师。不过，三年以后（主要是由于经济因素），他被他的副手——年仅33岁的蓬佩奥·施安塔雷利（Pompeo Schiantarelli）取代了。1778年，国王费迪南多顶着来自教宗庇护六世的压力，将留在罗马的法尔内塞家族的藏品转运至那不勒斯，用以丰富新创立的博物馆的馆藏。在成立初期，这座博物馆既收藏考古文物，也收藏大量的画作。意大利统一以后，卡波迪蒙特王宫的命运也发生了变化：起初，那里成了奥斯塔公爵的居所，后来，王宫里的部分物件被搬走，送去装饰罗马的奎里纳尔宫。王宫最终被改造为一所只以第二次世界大战后的文化为主题的博物馆，原先藏于那里的画作都被转移至如今的考古博物馆了。

▶ 萨摩斯的狄奥斯库里德斯，《流动乐师》（*Musicisti ambulanti*），来自庞贝，西塞罗别墅，公元前2—前1世纪，马赛克镶嵌，那不勒斯国家考古博物馆

游览指南

神话、戏剧与现实

那不勒斯是永恒的。长久以来，它一直是一座相当神秘且独特的城市，在神话、戏剧和现实中彰显出一种奇特的张力。这话说得不全对，但这的确是世人普遍认同的一种特征。这里有着熠熠生辉的考古收藏。神话故事被栩栩如生地描

▲ 古罗马艺术，悲剧诗人之家，《准备演出的演员》（*Attori che si preparano per una recita*），局部，马赛克镶嵌，那不勒斯国家考古博物馆

绘在《以弗所的阿耳忒弥斯》（*Artemide efesina*）里，颂扬着女神胸口无穷的丰满。至于戏剧性，参观者一看到悲剧里的种种面具角色，便一目了然。此外，也可通过精美的马赛克镶嵌画去观察当年的流动乐师以及在后台准备演出的演员。画面上的手势将在日后被“普钦内拉”[1]（Pulcinella）所用，其面部表情也预告了托托（Totò）和佩皮诺·德·菲利波（Peppino de Filippo）那令人熟悉的表情。而那尊《伪塞涅卡》（*Pseudo-Seneca*）所体现出的现实感是如此的直接和令人惊叹，对致力于表现非现代主题的最有实力的艺术家维琴佐·杰米托（Vincenzo Gemito）产生了不可否认的影响。不过，若是看看古罗马人所作的皇帝韦斯巴芗（Vespasiano）和图拉真（Traiano）的肖像雕塑，便会发现这些作品的现实感更胜一筹，其形象甚至与游客光顾的餐厅里的服务生或厨师有几分相似。这或许能更好地解释为何安东尼奥·卡诺瓦会画出一张并不像拿破仑本人的肖像画，却能雕出一尊活灵活现的费迪南多四世的塑像，其逼真程度简直达到要让雕像开口说那不勒斯方言的程度。画中费迪南多四世活脱脱就是餐厅门口那个负责代客泊车的服务生。倘若上述作品中的现实感显得过于生硬，那么那尊《救世的阿佛洛狄忒》（*Afrodite Sosandra*，其形象与浑身长满乳房的阿耳忒弥斯截然迥异）则呈现出一种极其温柔的真实感。尽管这件作品是古希腊原作的复制品，但当西方雕塑忘却了黄金年代的古典风格，开始与各个世纪的风格对话——从瑙姆堡的《乌塔》（*Uta*）到存于奥尔维耶托的由弗朗切斯科·莫奇（Francesco Mochi）创作的《圣母领报》（*Vergine Annunziata*），那只透过斗篷的若隐若现的手却依然成了西方雕塑尊崇的典范。从另一方面说，既然“救世的阿佛洛狄忒”是拯救女神，人们也能轻易察觉到她完全有可能成为领报圣母的原型之一，然而，没有任何一位后世雕塑家见过他们前人的作品——对此，我们是确信不疑的。由此，我们可以认为荣格教授和瓦尔堡教授在研究原型的传承问题时，他们的结论是有道理的——只不过在那时，托托还没能成为他们的研究对象。

[1] 十七世纪即兴喜剧中的角色。

1 | 2 | 3

（图1）古罗马艺术，《头部肖像》（*Testa ritratto*）或《伪塞涅卡》（*Pseudo-Seneca*），约公元前49—前25年，青铜，熔铸，雕刻，高33cm，那不勒斯国家考古博物馆

（图2）安东尼奥·卡诺瓦，《装扮成密涅瓦的波旁王朝的费迪南多四世》（*Ferdinando Ⅳ di Borbone in veste di Minerva*），局部，1800—1820年，大理石，高360cm，那不勒斯，卡波迪蒙特博物馆

（图3）古罗马艺术，弗拉维王朝时期，《韦斯巴芗，大型胸像》（*Vespasiano, busto colossale*），75—99年，大理石，高147cm，那不勒斯国家考古博物馆

▲ 维琴佐·杰米托，《哲学家头像》（*Testa di filosofo*），1833年，青铜，那不勒斯，泽瓦洛斯·斯蒂利亚诺宫，意大利画廊

弗朗切斯科·莫奇，《圣母领报》（*Vergine Annunziata*），1605—1608年，大理石，高210cm，奥尔维耶托，主教座堂博物馆

瑙姆堡的大师，《乌塔》（Uta），1260年，大理石，瑙姆堡，主教座堂

▲ 古罗马艺术，帝国时期，《以弗所的阿耳忒弥斯》（*Artemide Efesia*），150—199年，雪花石膏和青铜，高203cm，那不勒斯国家考古博物馆

◀ 卡拉米斯，《救世的阿佛洛狄忒》（*Afrodite Sosandra*），古罗马时期的复制品，1—2世纪，大理石，那不勒斯国家考古博物馆

雅典国家考古博物馆（雅典）
——一切的源头

平心而论，“现代希腊”这一概念是一种集政治、文学和语言的发明。19世纪初，希腊国家经历了相当漫长而艰难的诞生过程。在那以前，在欧洲人的头脑里，希腊一直是一片遥远的地域：古代的希腊呈现在18世纪庞贝和埃尔科拉诺的考古发掘遗迹里；呈现在温克尔曼（Winckelmann）的帕埃斯图姆之行和歌德的西西里之旅中。事实上，人们印象里的古希腊已经相当模糊了。1687年，弗朗切斯科·莫罗西尼（Francesco Morosini）统治下的威尼斯人毫无羞耻地炸毁了帕提侬神庙（先前，它虽被改造为清真寺，但其建筑本体却毫发无伤）。1801年，第七代额尔金伯爵托马斯·布鲁斯（Thomas Bruce）在出使土耳其期间征得了苏丹的许可，买下了在轰炸中坍塌的雕塑和幸存的三角墙。这些遗迹抵达了伦敦，在那里引起极大的关

◄ 古希腊艺术，《阿尔特米西昂的少年》（*Il fantino di Artemisio*），局部，公元前2世纪，青铜，雅典国家考古博物馆

注。神庙的其他塑像分别被藏于卢浮宫和哥本哈根的新嘉士伯美术馆。在今天看来，上述行为无异于艺术史上的罪恶。然而，正是这种行为，改变了欧洲以往对希腊所采取的麻木态度，再度点燃了对于希腊命运的关注。

针对奥斯曼帝国踏上第一只脚的，是拿破仑·波拿巴：自威尼斯共和国于1797年灭亡后，共和国所辖的海洋领地（从伊斯特里亚和达尔马提亚一直延伸至亚得里亚海深处）也逐渐陷落，在经过一番光荣却徒劳的抵抗之后成为法国的领地。1800年，在俄国海军上将乌沙科夫（Ušakov）的指挥下，俄国和奥斯曼帝国组成的盟军夺回了希腊半岛的西面诸岛。沙皇保罗一世在那里成立了一个小型独立国

▲ 雅克·卡瑞，《帕提侬神庙三角墙研究》（*Studio per il frontone del Partenope*），17世纪，纸上铅笔画，巴黎，法国国立图书馆

家——七岛共和国。尽管该共和国在名义上隶属于奥斯曼帝国，却是自君士坦丁堡陷落以后的漫长岁月里出现的第一个享有自主权的希腊政府，是未来希腊建国的种子。1807年，它再度被法国占领，1809年又落入英国人手中。1815年，它在维也纳会议中获得了独立。在一系列现代国家诞生的历史背景下，关于希腊问题的处理拉开了序幕。

说实话，那是一场席卷整个欧洲的风潮：法国人征服欧洲的野心在北欧地区也激起了反抗效应。1808年，也就是在拿破仑入侵柯尼斯堡后的两年，哲学家约翰·戈特利布·费希特（Johann Gottlieb Fichte）发表了《告德意志民族书》

▲ 阿奇博尔德·阿彻，《额尔金伯爵房间的临时装修》（*Primo allestimento della Elgin Room*），约1819年，布面油画，94cm×133cm，伦敦，大英博物馆

（*Reden an die deutsche Nation*）——这是最早的几篇文章之一，其中使用的德意志民族的概念已不再与普鲁士王国相捆绑。当时，德意志领土的内部也被划分为好几十个公国。1830年，在史称“十一月起义”的波兰革命期间，一场以争取波兰独立为目的的理想主义运动兴起。后来，由于沙皇尼古拉一世（Nicola Ⅰ）想要同时保住两顶王冠，革命遭到了血腥镇压。那一时期，有着法国和波兰血统的肖邦身在维也纳，再也没能重返自己的祖国；后来，他在斯图加特为祖国写下了著名的练习曲《革命练习曲》（*Rivoluzionario*）。同样是在1830年，比利时从荷兰独立；法国通过革命对抗复辟君主政权，支持奥尔良主义和宪政；在意大利，第一次烧炭党运动兴起，摩德纳和大部分教宗国领地（博洛尼亚、费拉拉、弗利和拉文纳）短暂地脱离了教廷；古老的希腊领土切实地加入了这一股起义的风潮。

1821年，希腊发起了针对奥斯曼帝国百年政治统治的第一次反抗，成立了相当有行动力的议会，于次年的1月1日在埃皮达鲁斯国民大会上宣布希腊独立。欧洲各大列强作壁上观。伊斯坦布尔的最高朴特（即政府）召来了埃及的援兵，开启了一场漫长的内战，相关的消息迅速传至欧洲的各大城市，有时甚至被扩大化，对欧洲的舆论造成了重大影响。1823年，英国诗人拜伦勋爵在莱里奇海湾游泳，随后便前往那些起义的希腊诸岛，先是去了凯法利尼亚岛，后又去了迈索隆吉翁岛，于1824年因风湿热在那里病逝。苏丹政府对独立派人士的镇压在巴黎引发了强烈反响：1824年，德拉克洛瓦以1822年的希阿岛屠杀（造成大约2万人死亡）为主题，创作了大型布面油画。此后，欧洲的知识分子开始纷纷关注希腊的民族复兴问题——此前，他们脑海中的希腊只是祖先的故土。

如此，希腊的起义成了各大列强的核心政治话题之一。以所有东正教信徒保护者自居的俄国已于1813年支持塞尔维亚起义，并于1821年支持罗马尼亚、瓦拉几亚（包括当年的康斯坦察城及其黑海入海口）和摩尔多瓦起义。此时的俄国再次获得了希腊自由保护者的好名声，并以该身份与英国和法国一道，参加了1827年《伦敦条约》的签署，主张维护希腊的和平。随后，由于各国外交部门各有考虑，俄国另有算盘，法国派驻了军队，英国海军又贪恋小型海战，希腊问题变得越来越复杂，直到1830年对先前《伦敦条约》的条款作出修订，才最终尘埃落定。所以说，新希腊的洗礼是由欧洲各大列强联手完成的。

此刻，需要为希腊建立一个政府，比先前第一次起义时的政府更具保障力。作为新希腊政府的首任领袖，约安尼斯·卡波第斯特里亚斯（Ioannis Kapodistrias）不久就于1831年被刺。各国外交部门继而开始从各个并不具备很大影响力的欧洲家族中寻找一位置身于当地恩怨之外的君主。起初，他们找到了萨克森-科堡-哥达王朝的利奥波德，但他更愿意去刚刚成立的比利时当国王。最后，各国外交机构达成一致，选择了巴伐利亚国王路德维希一世的次子奥托。在欧洲

▼ 贾科莫·特雷科特，《拜伦勋爵在希腊的海岸边》（*Lord Byron sulle sponde del mare ellenico*），1850年，布面油画，114.5cm × 153cm，帕维亚，市立博物馆

政治格局中，巴伐利亚只是一个无足轻重的君主国。该国由拿破仑一世于1805年创建，其目的是整饬神圣罗马帝国的残余势力，为其所用。因此，他将自己的盟友——巴伐利亚大公马克西米利安一世（Massimiliano I）送上了这个新生国家的国王宝座。

▲ 欧仁·德拉克洛瓦，《希阿岛屠杀》（*Massacro di Scio*），布面油画，1824年，419cm×354cm，巴黎，卢浮宫博物馆